Bodas de sangre

FEDERICO GARCÍA LORCA

BODAS DE SANGRE

EDICIÓN, INTRODUCCIÓN, NOTAS, COMENTARIOS Y APÉNDICE

TOMÁS RODRÍGUEZ

Biblioteca Didáctica Anaya

Abreviaturas empleadas

Cfr.: Confróntese.
Ed.: edición.
Edit.: Editorial.
Ob. cit.: obra citada.
Pág.: página.
Págs.: páginas.

Dirección de la colección: Antonio Basanta Reyes y Luis Vázquez Rodríguez.
Diseño de interiores y cubierta: Antonio Tello.
Dibujos: Ramón Valle.
Ilustración de cubierta: Javier Serrano Pérez.

Í N D I C E

INTRODUCCIÓN

Retrato de F. García Lorca en 1936, por Paniagua.

ÉPOCA

La vida de Federico García Lorca (1898-1936) transcurre entre dos fechas de extraordinaria significación en nuestra historia contemporánea. 1898 es el año de la derrota de España en la guerra contra los Estados Unidos y el de la firma del Tratado de París. En julio de 1936 estalló la guerra civil española, de triste memoria. Entre ambos acontecimientos se desarrolla una historia densa y crispada.

Marco histórico

El Tratado de París se firmó el 10 de diciembre de 1898. España reconoce la independencia de Cuba y cede a los Estados Unidos Puerto Rico, Filipinas y la isla de Guam. Los españoles asistieron, con resignación e impotencia, a la liquidación de su imperio colonial. La prensa hablaba de la «España sin pulso».

En mayo de 1902 finaliza la regencia de la reina madre, María Cristina, al ser proclamado mayor de edad el nuevo rey, Alfonso XIII. Aunque la vida política parece seguir su curso con normalidad, lo cierto es que tanto el sistema parlamentario como el turno de partidos —conservadores y liberales—, que habían mantenido el fluir político desde la Restauración (1874), se encuentran muy deteriorados.

Desde el comienzo del nuevo reinado las crisis de Gobierno se suceden ininterrumpidamente. No es ajena a ellas la agitación que se vive en distintos ámbitos: mundo obrero, ejército, nacionalismos, etc.

Una cadena de sucesos mantiene viva la agitación social y política. Entre todos, destacan tres hechos que revistieron especial gravedad: la semana trágica de Barcelona (1909); la huelga general de 1917 y el desastre de Annual, en la primavera de 1921.

España no participó en la primera guerra mundial (1914-1918) y vivió de lejos la Revolución rusa (1917). Sin embargo, la vida nacional nunca acaba de encontrar solución a sus problemas internos.

En 1923, el general Primo de Rivera dio un golpe de Estado. El rey le entregó los destinos del país y el general implantó la dictadura militar. A pesar de los intentos de trastocar la realidad y desviar las preocupaciones del pueblo, cuando habían transcurrido seis largos años de dictadura, la situación se hacía insostenible.

La caída del dictador arrastró a la Corona. Tras un corto gobierno del general Berenguer, el rey tuvo que partir al exilio. El 14 de abril de 1931 era proclamada la II República.

La República, que había despertado ilusiones y expectativas, tampoco logró enderezar los problemas tradicionales ni aunar las voluntades de los españoles. Primero fue un Gobierno de centro-izquierda, presidido por Azaña, que duró dos años. Después vendría una coalición de signo derechista dirigida por Gil Robles. Duró otros dos años. A estas alturas, las distintas opciones se habían radicalizado de tal forma que cualquier chispazo podría hacer saltar el entramado social.

Las elecciones de febrero de 1936 dieron el triunfo a las izquierdas, que se habían coligado en el Frente Popular. Los acontecimientos se precipitaron. El 18 de julio de 1936 una parte del ejército se rebeló contra el Gobierno legal de la República. Había comenzado la guerra civil.

La dictadura de Primo de Rivera pondrá fin a la monarquía de Alfonso XIII. (Los reyes y el dictador en Sevilla, óleo de Alfonso Grosso.)

Economía y sociedad

El siglo XX se inicia en España con una población en continuo crecimiento. El auge industrial ha provocado importantes movimientos de emigración interior del campo a los centros urbanos. En el plano exterior, la emigración se orienta casi exclusivamente hacia Hispanoamérica.

La agricultura sigue siendo la ocupación primordial de la población activa. La mayor parte de los cultivos, incluida el área cerealista, incrementaron su producción. A ello han contribuido la presencia de maquinaria agrícola, el empleo de abonos químicos y la ampliación de los cultivos de regadío.

Cierta expansión económica desde 1914 no mejoró la triste condición del proletariado. (Trata de blancas, *de J. Sorolla.)*

Con todo, el gran problema de la agricultura sigue siendo la falta de unas estructuras apropiadas. La situación latifundista no ha cambiado respecto al siglo XIX. Una gran parte de España —al sur y al suroeste, sobre todo— se encuentra en manos de unos pocos propietarios. En los primeros años de la República se intentó acometer una reordenación de la propiedad a través del Instituto de Reforma Agraria (IRA). La guerra civil y la posterior victoria del general Franco anularon los proyectos republicanos.

En el sector industrial ha habido también un progreso notable. Sin embargo, no se aprovecharon las situaciones favorables con perspectivas de futuro. La modernización fue sólo parcial. La actividad industrial se concentraba en los núcleos tradicionales: Cataluña y País Vasco, principalmente.

La primera guerra mundial facilitó un gran mercado a la industria española. Desde nuestro país se sirvieron suministros a los países beligerantes y a naciones de otros continentes que habían quedado desasistidas de sus proveedores europeos. La mayor parte de las industrias —textiles, químicas, farmacéuticas, mineras, etc.— multiplicaron sus ingresos.

Sin embargo, la expansión sólo sirvió para enriquecer aún más a los poderosos: empresarios, financieros, etc. El pueblo no sólo no participó de los beneficios de este comercio, sino que se encontró con un mercado interior encarecido y difícil, ya que los sueldos no habían crecido al compás del precio de los productos de consumo.

En cuanto a estructuras sociales, durante el primer tercio de siglo perduran los esquemas del siglo XIX. La alta burguesía —nobles, terratenientes, empresarios, etc.— mantiene su posición en la cúspide y controla la economía. La burguesía media —comerciantes, funcionarios, etc.— ocupa un espacio social bastante indefinido y continúa activa, en términos reformistas. El proletariado, sobre todo el campesino, pasa a menudo por situaciones críticas, que desembocan en huelgas y duros enfrentamientos. Aunque se observan importantes diferencias entre el obrerismo urbano y el rural, poco a poco las masas de trabajadores potenciaron la influencia de sus organizaciones. Junto al PSOE, partido de los obreros, prosperan sindicatos como la UGT, socialista, o la CNT, de tendencia anarquista.

El ejército y el clero, dos estamentos tradicionalmente de gran influencia, fueron muy controvertidos y pasaron por momentos de desasosiego e incomprensión social.

Los intentos reformistas de la República terminaron enfrentando a la sociedad. Por si fuera poco, en el ámbito de la economía, a partir de 1932, comenzaron a sentirse los efectos de la crisis de 1929 (hundimiento de la Bolsa de Nueva York), con sus secuelas de paro y atascamiento económico.

Panorama cultural

El desastre del 98, ya reseñado, sirvió para concienciar a los jóvenes intelectuales, muchos de los cuales se citan alrededor de la llamada *Generación del 98*. Un nutrido grupo de pensadores somete a análisis las esencias espirituales y culturales del país. Desde una inicial postura de «europeísmo», se deriva hacia una recuperación de ciertos valores tradicionales. Algunos escritores terminan hablando de «españolizar» Europa.

Otro grupo de prohombres plantean el futuro español desde posturas más pragmáticas y hablan de *Regeneracionismo* en términos de progreso y educación.

La Institución Libre de Enseñanza, movimiento de educación laica que, desde el siglo anterior, trata de

En contraste con la crisis socioeconómica, las artes plásticas adquieren gran auge. (Una mujer, *óleo de Miró en 1932.)*

modernizar la enseñanza y darle un contenido moral y cívico, sigue ampliando sus líneas entre el profesorado superior y medio. Muchas de las personalidades que destacaron en el mundo intelectual estuvieron ligadas a la Institución. La fundación en Madrid de la Residencia de Estudiantes (1910) facilitó el trabajo y la convivencia de los jóvenes más brillantes del momento.

La actividad artística resulta especialmente rica en este primer tercio de siglo.

Las artes plásticas lograron asimilar las corrientes vanguardistas con facilidad. Los pintores españoles estuvieron entre las primeras figuras mundiales. Baste recordar nombres como Rusiñol, Zuloaga, Solana, Sert, Picasso, Dalí, Miró o Juan Gris.

La burguesía catalana encabezará el movimiento cultural del primer tercio del XX. *(Mosaico del Palau de la Música de Barcelona.)*

La música también encontró un amplio eco. Surgió un grupo de compositores de prestigio internacional cuya obra arranca de sensibilidades típicamente hispánicas. Son éstos: Isaac Albéniz, Enrique Granados, Joaquín Turina, Óscar Esplá o el gaditano Manuel de Falla.

Aunque la cultura del pueblo no rayaba a gran altura, es cierto que, con el advenimiento de la República, se hicieron verdaderos esfuerzos por cambiar el panorama. Si bien la Institución Libre de Enseñanza no se proyectó, en principio, sobre la escuela popular, fueron hombres inspirados por las ideas reformistas de la Institución los que promovieron, en los años republicanos, actividades culturales como las Misiones Pedagógicas o el teatro de La Barraca.

Es necesario destacar, asimismo, el avance cultural de los distintos pueblos de España. Desde que, a mediados del siglo XIX, se inició el renacimiento de las lenguas hispánicas no castellanas, las actuaciones culturales de las distintas regiones fueron creciendo en cantidad y calidad. Especial importancia tuvo, en el primer tercio del siglo XX, el protagonismo de la cultura catalana que convirtió a Barcelona en un extraordinario foco cultural.

LITERATURA

Modernismo y Generación del 98

El afán de renovación que caracteriza las primeras décadas del siglo XX arranca de finales del siglo anterior. El Modernismo, surgido en Latinoamérica, había logrado cambiar los gustos estéticos de la sociedad y conseguido un nuevo lenguaje literario. El movimiento, relacionado con otras corrientes reformistas de Europa, llegó a España de la mano del nicaragüense Rubén Darío.

En España la llegada del Modernismo fue acogida como un movimiento de renovación cultural. (Dibujo de Bujadoz para El año artístico *1921.)*

El desastre de 1898 propició la irrupción de un grupo de jóvenes escritores muy preocupados por la realidad española. Su afán de revisión y crítica de los valores tradicionales corre paralelo al de sus amigos modernistas. Aunque aún sigue siendo tema de controversias, a estos escritores se les ha colocado la etiqueta de *Generación del 98*. Integran el grupo hombres como Unamuno, *Azorín*, Ramiro de Maeztu, Valle-Inclán, el poeta Antonio Machado, el novelista Pío Baroja, etc. Algunos de estos autores no aceptaron ni el hecho de la generación ni su pertenencia a ella.

Para algunos críticos, el Modernismo y la Generación del 98 deberían ser englobados en un mismo movimiento. El Modernismo sería la versión particular de la crisis cultural de fin de siglo en el ámbito hispánico, y en ese marco habría que situar también a la Generación del 98. Para otros investigadores, entre ambos movimientos se dan diferencias esenciales. Mientras el Modernismo se ocupa, sobre todo, de la renovación formal y estética, y sus integrantes son poetas que buscan la belleza, los hombres del 98 son ideólogos, preocupados por la verdad e interesados primordialmente en los problemas filosóficos y sociales.

Novecentismo y Vanguardismo

Cuando todavía los hombres del 98 están en plena producción, un nuevo grupo se abre paso en la escena literaria. Son jóvenes cuyo apogeo cuajará hacia mediados de la segunda década. Se ha intentado bautizar a esta pléyade con distintos apelativos, pero al final la denominación más extendida es la de Novecentismo. Frente a la Generación del 98, en los escritores del Novecentismo se aprecia una actitud decididamente europeísta, así como una formación más científica y rigu-

Los novecentistas son el paso previo a la Generación del 27. (Portada de Tinieblas en las cumbres, *de R. Pérez de Ayala.)*

rosa. En el plano estético lo más destacable de los componentes de este grupo es la preocupación estilística y el afán de pulcritud.

En la nómina de personalidades que podríamos encuadrar en este movimiento, destacan el filósofo José Ortega y Gasset y los ensayistas Gregorio Marañón, Eugenio D'Ors, Manuel Azaña, Américo Castro, etc.

Por otro lado, son varios los novelistas que se citan como integrantes del Novecentismo. Sobresalen: el alicantino Gabriel Miró y el asturiano Ramón Pérez de Ayala, que cultivó la novela intelectual.

Contemporáneo de estos escritores, pero entregado a una búsqueda personal y permanente, podemos citar al poeta Juan Ramón Jiménez, cuya trayectoria, que arranca del Modernismo, evolucionará, a partir de 1916, hacia posturas caracterizadas por la depuración y la sencillez del verso.

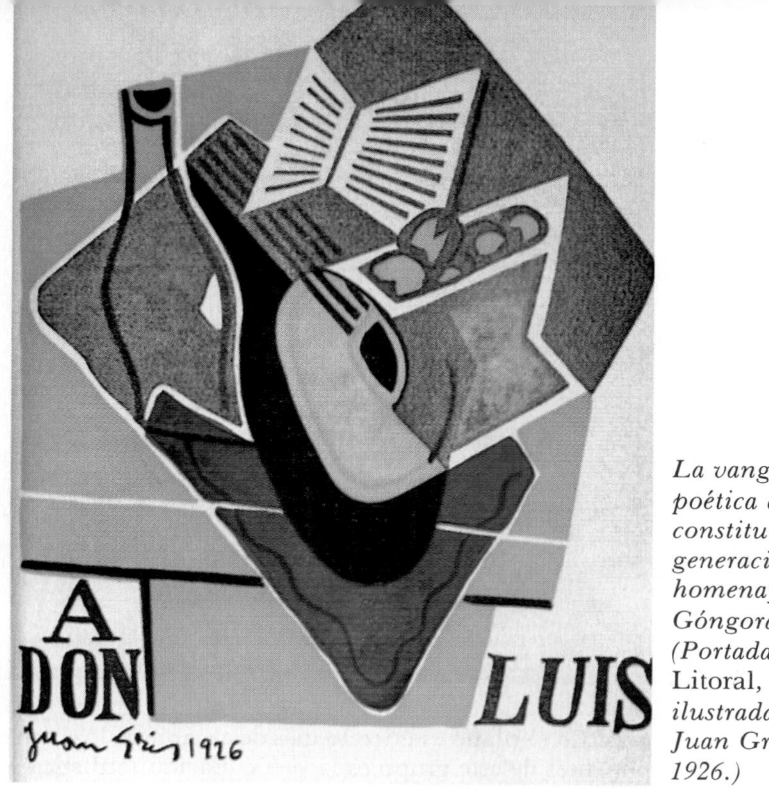

La vanguardia poética del 27 se constituirá en generación en el homenaje a Góngora. (Portada de Litoral, *ilustrada por Juan Gris en 1926.)*

A finales de la primera década del siglo (1909) se inicia en toda Europa una serie de movimientos estéticos que se conocen con el nombre de *vanguardismos,* o *ismos.* Son movimientos que proclaman la ruptura con la tradición. A grandes rasgos, las características más acusadas de estos innovadores son: inconformismo, libertad de creación, irracionalismo...

La cuna de los *ismos* está en París, centro de la intelectualidad del mundo. Hasta allí acuden en peregrinación los jóvenes creadores.

Fueron muchas las tendencias que surgieron de las propuestas de la vanguardia. Los artistas españoles participaron en varias de ellas, pero sólo unas pocas tuvieron verdadera proyección en nuestras letras. Quizá las más importantes en España fueran: el *Futurismo,* el *Creacionismo,* el *Ultraísmo* y, especialmente, el *Surrealismo.*

Entre los escritores que participaron en estos avatares vanguardistas destaca el genial Ramón Gómez de la Serna y varios de los miembros más significativos de la Generación del 27: Gerardo Diego, Alberti, García Lorca, Luis Cernuda, etc.

La vitalidad de los *ismos* duró poco. Hacia 1930 se daba ya por terminada la fiebre. En España la etapa de mayor efervescencia se sitúa en torno a 1918.

La Generación del 27

Mediada la década de los años 20, un nuevo grupo surge en el panorama literario español. Lo constituyen unos cuantos jóvenes, principalmente poetas.

Aunque, como suele ocurrir en estos casos, se ha debatido mucho sobre la entidad y denominación del grupo, se acepta casi unánimemente su realidad y el nombre de Generación del 27.

Estos poetas no renuncian a la tradición, pero incorporan también los hallazgos vanguardistas. Recuperan con devoción el aliento de la más pura poesía española: Romancero, Garcilaso, Lope, Góngora, Bécquer, etc., y aplauden a los autores modernos, como Juan Ramón o César Vallejo.

Un acto común sirvió para lanzarlos como grupo: el homenaje a Góngora celebrado en Sevilla en 1927. Y aunque cada miembro de la generación siguió un camino personal en su interpretación poética, todos coincidían en la búsqueda de la belleza, en la noción de poesía pura y en el cultivo de la metáfora como recurso estético.

La nómina de escritores de la Generación del 27 es bastante amplia: Gerardo Diego, Vicente Aleixandre, Dámaso Alonso, Jorge Guillén, Pedro Salinas, Luis Cernuda, Rafael Alberti, Federico García Lorca, Emilio Prados, Manuel Altolaguirre...

El teatro hasta 1936

Mientras en Europa se produce una gran renovación teatral, que lleva a la experimentación de nuevas fórmulas dramáticas y al descubrimiento de caminos in-

Las nuevas formas teatrales no arraigarán en el público español. (Figurín de la Ópera de París para El pájaro de fuego.)

sospechados, en España se representa un teatro anquilosado y falto de imaginación. En realidad es el público quien impone los gustos. Un público burgués que va a distraer sus ocios al teatro. Los críticos contemporizan con los espectadores y aconsejan a los comediógrafos. El siglo se inicia bajo los auspicios de la dramaturgia de don José de Echegaray.

Con todo, el confusionismo teatral, dado el gran número de representaciones que se llevaban a cabo, da pie a numerosas corrientes. Hasta bien entrado el siglo triunfa en los escenarios el teatro modernista, de la mano de Eduardo Marquina o Francisco Villaespesa. Otros autores, como Pemán o los hermanos Machado, se aplicarán también al teatro en verso desde perspectivas más particulares.

El teatro cómico es cultivado por Carlos Arniches y Pedro Muñoz Seca. Muy próximo a esta fórmula, se exhibe en las tablas el teatro andaluz de los hermanos Álvarez Quintero, plagado de tópicos y falseamientos.

Quizá el triunfador de la época sea Jacinto Benavente, que plantea un tipo de comedia burguesa que caló hondo en los ambientes dramáticos.

Los intentos de ruptura con esta línea estéril y apelmazada comenzaron por los propios autores de la Generación del 98 —Unamuno, *Azorín*— y siguieron con representantes de la vanguardia, como Ramón Gómez de la Serna. El público no facilitó el éxito de estos disidentes.

Sin embargo, sí hubo grandes innovadores. Serán éstos Ramón del Valle-Inclán y Federico García Lorca. Valle creó un teatro originalísimo, de difícil representación, pero de gran contenido dramático. García Lorca llegó al público plenamente con una fórmula de teatro poético y trágico a la vez.

AUTOR

Infancia y juventud

Federico García Lorca nació en Fuente Vaqueros, pueblo próximo a Granada, el día 5 de junio de 1898. Fueron sus padres: Federico García Rodríguez, rico hacendado, y Vicenta Lorca Romero, maestra de primera enseñanza.

Los primeros años del poeta transcurrieron entre Fuente Vaqueros y el vecino pueblo de Asquerosa —hoy Valderrubio—, donde el padre de Federico tenía propiedades. El matrimonio García Lorca aumentó su descendencia con otros tres vástagos más: Francisco, Concepción e Isabel.

Estudió Federico las primeras letras con su madre y asistió a la escuela con don Antonio Rodríguez Espinosa, maestro público de la localidad. La vida del pequeño Lorca se impregna de las esencias del mundo rural. Los juegos de estos años ya preludian su posterior afición por la escena. Dice el poeta: «Jugaba a decir misas, hacer altares, construir teatrillos...» En esta primera etapa ejercen gran influencia sobre él las criadas de la casa, que le cuentan historias, le enseñan romances y le ayudan a representar pequeñas fantasías en un teatrillo de marionetas.

En 1908 marcha a Almería para cursar el bachillerato. Una enfermedad de boca y garganta le hace regresar a los pocos meses junto a sus padres. Algún tiempo después, la familia del poeta traslada su residencia a la capital granadina. Federico realizará sus estudios secundarios en Granada, en el Colegio del Sagrado Corazón de Jesús. Aprende también música: guitarra con su tía Isabel y piano con el maestro Segura. Comienza a interesarse por el folklore español.

La infancia de Federico transcurre por las tranquilas calles de Fuente Vaqueros. (Cuadro de Amalio García del Moral.)

Aunque Lorca no brilla especialmente como estudiante, su vena creadora y su actitud vitalista y festiva le proporcionaron cierta fama: «Me gané una popularidad magnífica poniendo motes y apodos a las gentes», asegura el propio poeta.

En 1915 ingresó en la Universidad de Granada. Se matricularía oficialmente en dos carreras a la vez: Derecho y Filosofía y Letras. Sólo se titularía en Derecho, bastantes años más tarde, en 1923. En estos ambientes universitarios traba amistad con Fernando de los Ríos, catedrático de Derecho Político, y participa en las inquietudes de los jóvenes intelectuales granadinos que integran la tertulia del café de La Alameda.

Durante este tiempo realiza algunas excursiones arqueológicas de gran interés para el joven creador. Las

El viaje de Lorca por tierras de Castilla culminará en la visita a la Salamanca de Unamuno. (Calle del Arcediano, *por M.ª Luisa Pérez Herrero.)*

organiza el profesor Domínguez Berrueta, catedrático de Teoría del Arte. La primera transcurre por Andalucía y dio ocasión al primer encuentro entre Lorca y Antonio Machado, en Baeza. En la segunda recorrieron distintos lugares de Castilla y el noroeste de España. En Salamanca, Federico y sus amigos saludaron a don Miguel de Unamuno. El poeta en estos viajes tuvo oportunidad de conocer las tierras y las gentes del país. Como fruto de tales experiencias viajeras, Lorca publica su primer libro, titulado *Impresiones y paisajes* (1918). El primer trabajo impreso había aparecido un año antes. Se trataba de un texto en prosa en honor de Zorrilla.

Lorca en Madrid

Lorca llega a Madrid en la primavera de 1919 y se instala en la Residencia de Estudiantes. En este mítico centro, el poeta entra en contacto con lo más selecto de la intelectualidad española del momento: Jiménez Fraud, Moreno Villa, Eduardo Marquina, Martínez Sierra, Juan Ramón Jiménez, Luis Buñuel, Dalí, etc.

Tras la llegada a la residencia, Lorca multiplica su entusiasmo y sus actividades. En 1920 estrena la primera pieza teatral: *El maleficio de la mariposa*. La obra no gustó, pero todos coincidieron en elogiar la capacidad lírica de Federico. El poeta comienza a frecuentar las tertulias literarias y a descollar en los círculos artísticos. Juan Ramón Jiménez le invita a escribir en la revista *Índice*. A Lorca le desbordan sus múltiples ocupaciones. La inquietud literaria convive con la afición a la música y con el ilusionado interés por el dibujo. En 1921 aparece su primera obra lírica. Se titula: *Libro de poemas*.

En los años siguientes escribe poesía lírica y teatro. Realiza también representaciones con un teatro de marionetas en las que participan los amigos y sus propias hermanas: Concha e Isabel. En las vacaciones regresa a su tierra granadina, donde sigue trabajando con renovado fervor. Poco a poco irá dando a conocer sus obras. *Canciones* salió en 1927; *Mariana Pineda,* pieza dramática en verso, será estrenada en Barcelona ese mismo año. En 1928 publicó el *Romancero gitano* y termina una nueva obra de teatro: *Amor de don Perlimplín con Belisa en su jardín*. Entre tanto, participa en homenajes, realiza exposiciones y pronuncia conferencias. En Granada funda la revista *Gallo*. El círculo de amistades del poeta se ha ampliado: Guillén, Aleixandre, Cernuda, etc.

En 1929 realiza su trascendental viaje a los Estados Unidos (junio de 1929-marzo de 1930) y Cuba (marzo-junio de 1930). La iniciativa obedece a una aguda crisis personal que tiene también motivaciones estéticas. Durante el tiempo que permanece en América escribe su libro de poesía *Poeta en Nueva York* y comienza a redactar una nueva, y distinta, obra de teatro: *El público*.

En diciembre de 1930, estrena una pieza teatral concebida muchos años atrás: *La zapatera prodigiosa*. De 1931 es *Así que pasen cinco años*, en la misma línea que *El público*. Publica *Poema del cante jondo*.

Poeta en Nueva York *es el retrato de una sociedad cruel y sin esperanza.* (Estatua de la libertad, *por Gregorio Prieto.)*

La Barraca *es un experimento de cultura popular. (Cartel y firmas de sus componentes.)*

Este mismo año, en octubre, presenta un original proyecto relacionado con la escena. Se trata de organizar un grupo de teatro universitario, que se llamará *La Barraca.* Lorca se propone recorrer la geografía española representando obras de nuestro teatro clásico. Los pueblos y ciudades de España tendrán ocasión de conocer las obras de los grandes dramaturgos del Siglo de Oro: Cervantes, Lope de Vega, Calderón... La primera representación de *La Barraca* se celebró en Burgo de Osma (Soria), en julio de 1932.

El triunfo de Lorca

En marzo de 1933, Lorca estrena en Madrid *Bodas de sangre*. Será su primer gran éxito teatral. Pocos meses más tarde, se traslada a Buenos Aires para asistir a una nueva representación de la obra. Se repite el triunfo y el autor se ve obligado a prolongar su estancia en la capital argentina hasta marzo de 1934.

Cuatro meses después de su regreso de América, en agosto, un toro mata en la plaza a su amigo, el torero Ignacio Sánchez Mejías. Federico escribe un poema estremecedor: *Llanto por la muerte de Ignacio Sánchez Mejías*. Aún, en diciembre de ese mismo año, cosechará otro triunfo clamoroso con la representación de una nueva tragedia: *Yerma*.

La carrera de éxitos de Lorca continúa a lo largo de 1935. Sus obras gozan de extraordinaria aceptación. En los últimos días del año estrena *Doña Rosita la solte-*

La muerte de su amigo en la plaza dará origen a una estremecedora elegía. (Dibujo de José Caballero para Llanto por la muerte de Ignacio Sánchez Mejías.)

ra o el lenguaje de las flores y publica *Seis poemas gallegos.*

El año 1936 encuentra al poeta embarcado en nuevos proyectos. Piensa terminar una trilogía trágica de tema rural de la que ya ha compuesto dos piezas: *Bodas de sangre* y *Yerma*. La tercera, según anuncia, se titulará, quizá: *La destrucción de Sodoma*. Prepara también la edición de dos libros de poesía: *Poeta en Nueva York* y *Diván del Tamarit*. El ambiente político se ha caldeado tras las elecciones de febrero y el triunfo del Frente Popular.

Muerte del poeta

Conforme avanzan los días, la tensión del país va alcanzando índices cada vez más altos. García Lorca participa en diferentes actos en favor de la paz y la libertad. El día 23 de junio leyó en casa de los condes de Yebes su última obra dramática: *La casa de Bernarda Alba.*

En los primeros días de julio manifiesta a los amigos su deseo de pasar el verano en Granada, como tantas veces. La compañía de Margarita Xirgu, que representa las obras lorquianas, espera en México al autor.

El levantamiento militar del 18 de julio sorprende a Lorca en su tierra, adonde había llegado unos días antes. Los hechos, a partir de este momento, se precipitaron vertiginosamente. El día 3 de agosto fue ejecutado en Granada M. Fernández Montesinos, alcalde socialista de la ciudad y cuñado del poeta. Unos días después fue detenido Federico, que se encontraba en casa de su amigo Luis Rosales.

Entre el 17 y el 19 de agosto fusilaron al poeta en la carretera de Víznar a Alfácar. Su cuerpo fue encontrado el día 20.

CUESTIONES

- *¿Qué significó para España la firma del Tratado de París?*

- *¿Cómo fue el final de la dictadura de Primo de Rivera? ¿Qué efectos produjo?*

- *¿A qué se debió el incremento de la producción agrícola en el primer tercio de siglo?*

- *¿Cómo influyó la primera guerra mundial en la economía española?*

- *¿Qué repercusión tuvo el desastre del 98 en la intelectualidad española?*

- *¿Qué diferencias o semejanzas existen entre Modernismo y Generación del 98?*

- *Señala las principales características de los vanguardismos.*

- *Situación general del teatro español en el primer tercio de siglo.*

- *¿Qué fue «La Barraca»? ¿Qué importancia tuvo?*

CRITERIO DE ESTA EDICIÓN

La presente edición ha sido realizada a partir del texto que, bajo el cuidado de Arturo del Hoyo, se recoge en las *Obras completas* de Federico García Lorca (Ed. Aguilar, Madrid, 1972[17]).

Hemos tenido presente, por otra parte, la edición de *Bodas de sangre* realizada por Allen Josephs y Juan Caballero (Ed. Cátedra, Madrid, 1985).

En la bibliografía citamos otras ediciones actuales, a las que habría que añadir dos importantes de los primeros tiempos: la de Ed. Cruz y Raya (Madrid, 1936) y la de Ed. Losada (Buenos Aires, 1938).

BODAS DE SANGRE

Tragedia en tres actos y siete cuadros

(1933)

PERSONAJES

LA MADRE.
LA NOVIA.
LA SUEGRA.
LA MUJER DE LEONARDO.
LA CRIADA.
LA VECINA.
MUCHACHAS.
LEONARDO▼.
EL NOVIO.
EL PADRE DE LA NOVIA.
LA LUNA.
LA MUERTE (como mendiga).
LEÑADORES.
MOZOS.

▼ Sólo Leonardo aparece con nombre propio en el reparto. Se plantea así la universalidad de unos caracteres que son gobernados por fuertes pasiones.

ACTO PRIMERO

CUADRO PRIMERO

Habitación pintada de amarillo▼.

NOVIO.—*(Entrando.)* Madre.
MADRE.—¿Qué?
NOVIO.—Me voy.
MADRE.—¿Adónde?
NOVIO.—A la viña. *(Va a salir.)* 5
MADRE.—Espera.
NOVIO.—¿Quiere algo?

▼La habitación está pintada de amarillo: ¿Maduración de las mieses y de las obsesiones de la Madre? ¿Presencia simbólica de la muerte? No se hace referencia a otros objetos o muebles. Esta austeridad de elementos ya es significativa.

MADRE.—Hijo, el almuerzo[1].

NOVIO.—Déjelo. Comeré uvas. Deme la navaja.

MADRE.—¿Para qué?

NOVIO.—*(Riendo.)* Para cortarlas.

MADRE.—*(Entre dientes y buscándola.)* La navaja, la navaja... Malditas sean todas y el bribón que las inventó▼.

NOVIO.—Vamos a otro asunto.

MADRE.—Y las escopetas y las pistolas y el cuchillo más pequeño, y hasta las azadas y los bieldos[2] de la era[3].

NOVIO.—Bueno.

MADRE.—Todo lo que puede cortar el cuerpo de un hombre. Un hombre hermoso, con su flor en la boca, que sale a las viñas o va a sus olivos propios, porque son de él, heredados...

NOVIO.—*(Bajando la cabeza.)* Calle usted.

MADRE.—...y ese hombre no vuelve. O si vuelve es para ponerle una palma encima o un plato de sal gorda para que no se hinche. No sé cómo te atreves a llevar una navaja en tu cuerpo, ni cómo yo dejo a la serpiente dentro del arcón▼▼.

NOVIO.—¿Está bueno ya[4]?

MADRE.—Cien años que yo viviera no hablaría de otra cosa. Primero, tu padre, que me olía a clavel y lo disfruté tres años escasos. Luego, tu hermano. ¿Y es justo y puede ser que una cosa pequeña como una pistola o una navaja pue-

[1] Comida que se toma por la mañana.

[2] Instrumento para limpiar o aventar las mieses.

[3] Lugar donde se trillan las mieses.

[4] ¿Es ya suficiente?

▼En las palabras de la Madre descubrimos, de inmediato, uno de los cabos que nos conducirá al fondo argumental de la tragedia.

▼▼Se ha referido al marido muerto. Por otra parte, la mención de la serpiente es de mal agüero en Andalucía. (Cfr. *Bodas de sangre,* ed. de Allen, J., y J. Caballero, Cátedra, Madrid, 1985, nota pág. 94.)

da acabar con un hombre que es un toro? No callaría nunca. Pasan los meses y la desesperación me pica en los ojos y hasta en las puntas del pelo ▼.

NOVIO.—*(Fuerte.)* ¿Vamos a acabar? 40

MADRE.—No. No vamos a acabar. ¿Me puede alguien traer a tu padre? ¿Y a tu hermano? Y luego, el presidio. ¿Qué es el presidio? ¡Allí comen, allí fuman, allí tocan los instrumentos! Mis muertos llenos de hierba, sin hablar, hechos polvo; dos hombres que eran dos geranios... Los matadores, en presidio, frescos, viendo los montes... 45

NOVIO.—¿Es que quiere usted que los mate?

MADRE.—No... Si hablo es porque... ¿Cómo no voy a hablar viéndote salir por esa puerta? Es que no me gusta que lleves navaja. Es que..., que no quisiera que salieras al campo. 50

NOVIO.—*(Riendo.)* ¡Vamos!

MADRE.—Que me gustaría que fueras una mujer. No te irías al arroyo ahora y bordaríamos las dos cenefas[5] y perritos de lana ▼▼. 55

NOVIO.—*(Coge de un brazo a la* MADRE *y ríe.)* Madre, ¿y si yo la llevara conmigo a las viñas?

MADRE.—¿Qué hace en las viñas una vieja? ¿Me ibas a meter debajo de los pámpanos[6]? 60

NOVIO.—*(Levantándola en sus brazos.)* Vieja, revieja, requetevieja.

MADRE.—Tu padre sí que me llevaba. Eso es de buena casta. Sangre. Tu abuelo dejó un hijo 65

[5] Lista sobrepuesta o tejida en los bordes de una tela.

[6] Sarmientos tiernos de la vid.

▼Este bello parlamento de la Madre pone de manifiesto el dolor contenido que guarda esta mujer en su corazón y la firmeza de su actitud.

▼▼Es muy característico del sentimiento maternal este temor por la vida de los hijos varones, por lo general, más expuestos a la violencia.

COMENTARIO 1 (líneas 1 a 57)

- *Resume en unas líneas el contenido de este texto dialogado. ¿Qué tema o temas destacarías principalmente?*

- *¿Por qué la Madre detesta las navajas? ¿Cómo expresa el autor esta repulsa?*

- *Una de las características típicas del diálogo es la presencia de la «elipsis». Señala algunos ejemplos tomados del texto. ¿Por qué se utiliza este recurso?*

- *Explica los usos de la forma verbal «vamos» en las distintas frases en las que aparece aquí.*

- *En el texto encontramos algún ejemplo de polisíndeton. ¿Por qué lo ha empleado el autor?*

- *Busca los vocativos que aparecen en el texto. ¿Qué función o funciones desempeñan?*

- *Identifica las imágenes vegetales o florales que aparecen en estas líneas. ¿Por qué razón ha elegido Lorca este tipo de imágenes?*

- *¿Qué características destacarías en el lenguaje utilizado en este fragmento?*

en cada esquina. Eso me gusta. Los hombres, hombres; el trigo, trigo.

NOVIO.—¿Y yo, madre?

MADRE.—¿Tú, qué?

70 NOVIO.—¿Necesito decírselo otra vez?

MADRE.—*(Seria.)* ¡Ah▼!

NOVIO.—¿Es que le parece mal?

MADRE.—No.

NOVIO.—¿Entonces?...

75 MADRE.—No lo sé yo misma. Así, de pronto, siempre me sorprende. Yo sé que la muchacha es buena. ¿Verdad que sí? Modosa[7]. Trabajadora. Amasa su pan y cose sus faldas, y siento, sin embargo, cuando la nombro, como si me
80 dieran una pedrada en la frente▼▼.

NOVIO.—Tonterías.

MADRE.—Más que tonterías. Es que me quedo sola. Ya no me quedas más que tú, y siento que te vayas.

85 NOVIO.—Pero usted vendrá con nosotros.

MADRE.—No. Yo no puedo dejar aquí solos a tu padre y a tu hermano. Tengo que ir todas las mañanas, y si me voy es fácil que muera uno de los Félix, uno de la familia de los matado-
90 res, y lo entierren al lado. ¡Y eso sí que no! ¡Ca! ¡Eso sí que no! Porque con las uñas los desentierro y yo sola los machaco contra la tapia▼▼▼.

[7] De buenos modales.

▼Presencia del recato y cierto misterio en todo lo referente a relaciones sentimentales y noviazgos.

▼▼La Madre expresa sus presentimientos respecto a la Novia. El poeta recurre a imágenes de gran plasticidad.

▼▼▼Por primera vez se nombra a la familia de los enemigos, la familia de Leonardo. El rencor arde en el pecho de la Madre.

NOVIO.—*(Fuerte.)* Vuelta otra vez.
MADRE.—Perdóname. *(Pausa.)* ¿Cuánto tiempo llevas en relaciones? 95
NOVIO.—Tres años. Ya pude comprar la viña.
MADRE.—Tres años. Ella tuvo un novio, ¿no?
NOVIO.—No sé. Creo que no. Las muchachas tienen que mirar con quién se casan. 100
MADRE.—Sí. Yo no miré a nadie. Miré a tu padre, y cuando lo mataron miré a la pared de enfrente. Una mujer con un hombre, y ya está.
NOVIO.—Usted sabe que mi novia es buena.
MADRE.—No lo dudo. De todos modos, siento no saber cómo fue su madre▼. 105
NOVIO.—¿Qué más da?
MADRE.—*(Mirándolo.)* Hijo.
NOVIO.—¿Qué quiere usted?
MADRE.—¡Que es verdad! ¡Que tienes razón! ¿Cuándo quieres que la pida? 110
NOVIO.—*(Alegre.)* ¿Le parece bien el domingo?
MADRE.—*(Seria.)* Le llevaré los pendientes de azófar[8], que son antiguos, y tú le compras...
NOVIO.—Usted entiende más... 115
MADRE.—Le compras unas medias caladas, y para ti dos trajes... ¡Tres▼▼! ¡No te tengo más que a ti!
NOVIO.—Me voy. Mañana iré a verla.
MADRE.—Sí, sí; y a ver si me alegras con seis nie- 120

[8] Aleación de cobre y cinc.

▼La sabiduría popular frecuentemente recurre al establecimiento de relaciones de tipo determinista. Aquí se evoca el dicho: «De tal madre, tal hija.»

▼▼Conviene percatarse de la presencia constante del número *tres:* Tres años duró el matrimonio de la Madre, tres años de noviazgo, tres trajes... Más adelante se seguirá barajando esta cifra. ¿Quizá los tres muertos de la Madre? (Cfr. Allen, Josephs, y J. Caballero, *ob. cit.,* nota pág. 94.)

tos, o los que te dé la gana, ya que tu padre no tuvo lugar[9] de hacérmelos a mí▼.

NOVIO.—El primero para usted.

MADRE.—Sí, pero que haya niñas. Que yo quie-
125 ro bordar y hacer encaje[10] y estar tranquila.

NOVIO.—Estoy seguro de que usted querrá a mi novia.

MADRE.—La querré. *(Se dirige a besarlo y reacciona.)* Anda, ya estás muy grande para besos.
130 Se los das a tu mujer. *(Pausa. Aparte.)* Cuando lo sea.

NOVIO.—Me voy.

MADRE.—Que caves bien la parte del molinillo, que la tienes descuidada.

135 NOVIO.—¡Lo dicho!

MADRE.—Anda con Dios. *(Vase el* NOVIO. *La* MADRE *queda sentada de espaldas a la puerta. Aparece en la puerta una* VECINA *vestida de color oscuro, con pañuelo a la cabeza.)* Pasa▼▼.

140 VECINA.—¿Cómo estás?

MADRE.—Ya ves.

VECINA.—Yo bajé a la tienda y vine a verte. ¡Vivimos tan lejos!...

MADRE.—Hace veinte años que no he subido a
145 lo alto de la calle▼▼▼.

VECINA.—Tú estás bien.

MADRE.—¿Lo crees?

VECINA.—Las cosas pasan. Hace dos días traje-

[9] No tuvo ocasión o posibilidad.

[10] Tejido artístico de mallas, calados o lazadas.

▼La Madre expresa su deseo, relacionado con la idea de fecundidad, de propiciar una larga descendencia.

▼▼La salida del Novio y la aparición de la Vecina dan paso a una nueva escena.

▼▼▼Esta confesión de la Madre debe relacionarse con la anterior declaración: «Cuando lo mataron miré a la pared de enfrente.»

ron al hijo de mi vecina con los dos brazos cortados por la máquina▼ *(Se sienta.)* 150

MADRE.—¿A Rafael?

VECINA.—Sí. Y allí lo tienes. Muchas veces pienso que tu hijo y el mío están mejor donde están, dormidos, descansando, que no expuestos a quedarse inútiles. 155

MADRE.—Calla. Todo eso son invenciones, pero no consuelos.

VECINA.—¡Ay!

MADRE.—¡Ay! *(Pausa.)*

VECINA.—*(Triste.)* ¿Y tu hijo? 160

MADRE.—Salió.

VECINA.—¡Al fin compró la viña!

MADRE.—Tuvo suerte.

VECINA.—Ahora se casará.

MADRE.—*(Como despertando y acercando su silla a la silla de la* VECINA.) Oye. 165

VECINA.—*(En plan confidencial.)* Dime.

MADRE.—¿Tú conoces a la novia de mi hijo?

VECINA.—¡Buena muchacha!

MADRE.—Sí, pero... 170

VECINA.—Pero quien la conozca a fondo no hay nadie. Vive sola con su padre allí, tan lejos, a diez leguas[11] de la casa más cerca. Pero es buena. Acostumbrada a la soledad ▼▼.

MADRE.—¿Y su madre? 175

VECINA.—A su madre la conocí. Hermosa. Le re-

[11] Medida de longitud equivalente a 5,572 metros.

▼Nuevo anuncio de violencia. No se menciona el tipo de máquina. Sin duda se trata de alguna máquina agrícola, quizá una segadora mecánica.

▼▼El poeta recurre a dos factores sombríos. La lejanía y la soledad configuran el carácter reservado de la Novia. Lorca va adelantando elementos trágicos.

lucía la cara como a un santo; pero a mí no me gustó nunca. No quería a su marido▼.

MADRE.—*(Fuerte.)* Pero ¡cuántas cosas sabéis las
180 gentes!

VECINA.—Perdona. No quisiera ofender; pero es verdad. Ahora, si fue decente o no, nadie lo dijo. De esto no se ha hablado. Ella era orgullosa.

185 MADRE.—¡Siempre igual!

VECINA.—Tú me preguntaste.

MADRE.—Es que quisiera que ni a la viva ni a la muerta las conociera nadie. Que fueran como dos cardos, que ninguna persona los
190 nombra y pinchan si llega el momento▼▼.

VECINA.—Tienes razón. Tu hijo vale mucho.

MADRE.—Vale. Por eso lo cuido. A mí me habían dicho que la muchacha tuvo novio hace tiempo.

195 VECINA.—Tendría ella quince años. Él se casó ya hace dos años con una prima de ella, por cierto. Nadie se acuerda del noviazgo.

MADRE.—¿Cómo te acuerdas tú?

VECINA.—¡Me haces unas preguntas!...

200 MADRE.—A cada uno le gusta enterarse de lo que le duele. ¿Quién fue el novio?

VECINA.—Leonardo.

MADRE.—¿Qué Leonardo?

VECINA.—Leonardo el de los Félix.

205 MADRE.—*(Levantándose.)* ¡De los Félix▼▼▼!

▼Un nuevo presagio sorprende a la Madre. De ahí el áspero comentario de la frase siguiente.

▼▼La riqueza del lenguaje figurado acentúa el carácter altamente poético de los diálogos.

▼▼▼Los presagios fatales van creciendo progresivamente en el corazón de la Madre.

VECINA.—Mujer, ¿qué culpa tiene Leonardo de nada? Él tenía ocho años cuando las cuestiones.

MADRE.—Es verdad... Pero oigo eso de Félix y es lo mismo *(Entre dientes.)* Félix que llenárseme de cieno[12] la boca *(Escupe.)*, y tengo que escupir, tengo que escupir por no matar▼. 210

[12] Barro blando.

VECINA.—Repórtate. ¿Qué sacas con eso?

MADRE.—Nada. Pero tú lo comprendes.

VECINA.—No te opongas a la felicidad de tu hijo. No le digas nada. Tú estás vieja. Yo, también. A ti y a mí nos toca callar. 215

MADRE.—No le diré nada.

VECINA.—*(Besándola.)* Nada.

MADRE.—*(Serena.)* ¡Las cosas!... 220

VECINA.—Me voy, que pronto llegará mi gente del campo.

MADRE.—¿Has visto qué día de calor?

VECINA.—Iban negros los chiquillos que llevan el agua a los segadores. Adiós, mujer▼▼. 225

MADRE.—Adiós. *(Se dirige a la puerta de la izquierda. En medio del camino se detiene y lentamente se santigua.)*

Telón.

▼El odio de la Madre hacia los asesinos del hijo y del esposo se resalta con imágenes de inquietante belleza.

▼▼La referencia a los segadores nos recuerda que es verano y época de calor: un marco apropiado para el desarrollo de la tragedia.

CUADRO SEGUNDO

Habitación pintada de rosa con cobres y ramos de flores populares. En el centro, una mesa con mantel. Es la mañana▼. SUEGRA de LEONARDO con un niño en brazos. Lo mece. La MUJER, en la otra esquina, hace punto de media.

SUEGRA:

230 Nana, niño, nana▼▼
del caballo grande
que no quiso el agua.
El agua era negra
dentro de las ramas.
235 Cuando llega al puente
se detiene y canta.
¿Quién dirá, mi niño,
lo que tiene el agua
con su larga cola
240 por su verde sala?

MUJER: *(Bajo.)*
Duérmete, clavel,
que el caballo no quiere beber.

SUEGRA:
Duérmete rosal,
que el caballo se pone a llorar.

▼El escenario aparece ahora pintado de rosa, en contraste con el cuadro anterior. Aquí se hace alusión al niño que nace: una nueva vida. Obsérvese también la indicación: «Es la mañana.»

▼▼El poeta escribió estos versos a partir de una *nana* popular andaluza. El interés por este tipo de composiciones se recoge en una conferencia de Lorca titulada *Las nanas infantiles.* (Véase F. G. Lorca, *Obras completas,* Madrid, Aguilar, 1972, págs. 91-108.)

Las patas heridas, 245
las crines[1] heladas,
dentro de los ojos
un puñal de plata.
Bajaban al río.
¡Ay, cómo bajaban! 250
La sangre corría
más fuerte que el agua▼.

[1] Cerdas del cuello o cola de ciertos animales.

MUJER:

Duérmete, clavel,
que el caballo no quiere beber.

SUEGRA:

Duérmete rosal, 255
que el caballo se pone a llorar.

MUJER:

No quiso tocar
la orilla mojada,
su belfo[2] caliente
con moscas de plata. 260
A los montes duros
sólo relinchaba[3]
con el río muerto
sobre la garganta.
¡Ay caballo grande 265
que no quiso el agua!
¡Ay dolor de nieve,
caballo del alba!

[2] Labio del caballo.

[3] Emitir con fuerza su voz el caballo.

SUEGRA:

¡No vengas! Detente,
cierra la ventana 270
con rama de sueños
y sueño de ramas.

▼Destaca en esta composición la acumulación de símbolos: caballo, agua negra, puñal, sangre... Todos estos símbolos anticipan aquí los detalles culminantes de la tragedia.

MUJER:
Mi niño se duerme.
SUEGRA:
Mi niño se calla▼.
MUJER:
275 Caballo, mi niño
tiene una almohada.
SUEGRA:
Su cuna de acero.
MUJER:
Su colcha de holanda[4].
SUEGRA:
Nana, niño, nana.
MUJER:
280 ¡Ay caballo grande
que no quiso el agua!
SUEGRA:
¡No vengas, no entres!
Vete a la montaña.
Por los valles grises
285 donde está la jaca▼▼.
MUJER: *(Mirando.)*
Mi niño se duerme.
SUEGRA:
Mi niño descansa.
MUJER: *(Bajito.)*
Duérmete, clavel,
que el caballo no quiere beber.
SUEGRA: *(Levantándose, y muy bajito.)*
290 Duérmete, rosal,
que el caballo se pone a llorar.

[4] Tela de hilo muy fina.

▼Obsérvese la estructura de la composición. El canto —incluido el estribillo— se realiza de forma alternante. Los presentimientos asaltan a las dos mujeres.

▼▼Referencia a la hembra que busca el caballo, y, en un plano real, a la Novia.

(Entran al niño. Entra LEONARDO.)

LEONARDO.—¿Y el niño?
MUJER.—Se durmió.
295 LEONARDO.—Ayer no estuvo bien. Lloró por la noche.
MUJER.—*(Alegre.)* Hoy está como una dalia[5]. ¿Y tú? ¿Fuiste a casa del herrador?
LEONARDO.—De allí vengo. ¿Querrás creer? Lle-
300 vo más de dos meses poniendo herraduras nuevas al caballo y siempre se le caen. Por lo visto, se las arranca con las piedras.
MUJER.—¿Y no será que lo usas mucho?
LEONARDO.—No. Casi no lo utilizo.
305 MUJER.—Ayer me dijeron las vecinas que te habían visto al límite de los llanos.
LEONARDO.—¿Quién lo dijo?
MUJER.—Las mujeres que cogen las alcaparras[6]. Por cierto que me sorprendió. ¿Eras tú?
310 LEONARDO.—No. ¿Qué iba a hacer yo allí, en aquel secano[7]?
MUJER.—Eso dije. Pero el caballo estaba reventando de sudar▼.
LEONARDO.—¿Lo viste tú?
315 MUJER.—No. Mi madre.
LEONARDO.—¿Está con el niño?
MUJER.—Sí. ¿Quieres un refresco de limón?
LEONARDO.—Con el agua bien fría.
MUJER.—¡Cómo no viniste a comer!...
320 LEONARDO.—Estuve con los medidores del trigo. Siempre entretienen.

[5] Flor sin aroma, con un botón central amarillo y corola grande.

[6] Botón de la flor de la alcaparra que se usa como condimento.

[7] Terreno de labor que no tiene riego.

▼El caballo es uno de los símbolos de mayor entidad en la obra. Representa la pasión desenfrenada de Leonardo que provocará la tragedia.

MUJER.—*(Haciendo el refresco y muy tierna.)* ¿Y lo pagan a buen precio?
LEONARDO.—El justo.
MUJER.—Me hace falta un vestido y al niño una gorra con lazos. 325
LEONARDO.—*(Levantándose.)* Voy a verlo.
MUJER.—Ten cuidado, que está dormido.
SUEGRA.—*(Saliendo.)* Pero ¿quién da esas carreras al caballo? Está abajo tendido, con los ojos 330 desorbitados, como si llegara del fin del mundo.
LEONARDO.—*(Agrio.)* Yo▾.
SUEGRA.—Perdona; tuyo es.
MUJER.—*(Tímida.)* Estuvo con los medidores del 335 trigo.
SUEGRA.—Por mí, que reviente. *(Se sienta. Pausa.)*
MUJER.—El refresco. ¿Está frío?
LEONARDO.—Sí. 340
MUJER.—¿Sabes que piden a mi prima?
LEONARDO.—¿Cuándo▾▾?
MUJER.—Mañana. La boda será dentro de un mes. Espero que vendrán a invitarnos.
LEONARDO.—*(Serio.)* No sé. 345
SUEGRA.—La madre de él creo que no estaba muy satisfecha con el casamiento.
LEONARDO.—Y quizá tenga razón. Ella es de cuidado.
MUJER.—No me gusta que penséis mal de una 350 buena muchacha.

▾Leonardo ha mentido anteriormente. Comienzan a insinuarse algunos detalles reveladores.

▾▾La pregunta de Leonardo parece indicar la urgente preocupación que bulle en su interior.

SUEGRA.—Pero cuando dice eso es porque la conoce. ¿No ves que fue tres años novia suya? *(Con intención.)*

355 LEONARDO.—Pero la dejé. *(A su mujer.)* ¿Vas a llorar ahora? ¡Quita! *(Le aparta bruscamente las manos de la cara.)* Vamos a ver al niño. *(Entran abrazados*▼. *Aparece la* MUCHACHA, *alegre. Entra corriendo.)*

360 MUCHACHA.—Señora.

SUEGRA.—¿Qué pasa?

MUCHACHA.—Llegó el novio a la tienda y ha comprado todo lo mejor que había.

SUEGRA.—¿Vino solo?

365 MUCHACHA.—No, con su madre. Seria, alta. *(La imita.)* Pero ¡qué lujo!

SUEGRA.—Ellos tienen dinero.

MUCHACHA.—¡Y compraron unas medias caladas!... ¡Ay, qué medias! ¡El sueño de las mujeres en medias! Mire usted: una golondrina aquí *(Señala el tobillo)*, un barco aquí *(Señala la pantorrilla)* y aquí una rosa. *(Señala el muslo*▼▼.*)*

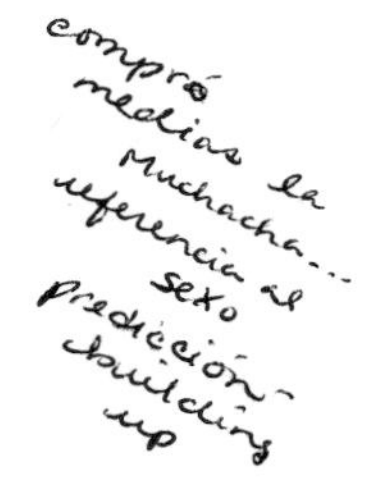

SUEGRA.—¡Niña!

375 MUCHACHA.—¡Una rosa con las semillas y el tallo! ¡Ay! ¡Todo en seda!

SUEGRA.—Se van a juntar dos buenos capitales[8]. *(Aparecen* LEONARDO *y su* MUJER.*)*

MUCHACHA.—Vengo a deciros lo que están comprando.

380 LEONARDO.—*(Fuerte.)* No nos importa.

[8] Haciendas, caudales.

▼Se crea una tensa situación que pronto se deshace gracias a la actitud generosa de la Mujer.

▼▼La rosa en el muslo presenta connotaciones sexuales. (Cfr. Allen, Josephs, y Juan Caballero, *ob. cit.*, nota pág. 105.)

MUJER.—Déjala.
SUEGRA.—Leonardo, no es para tanto.
MUCHACHA.—Usted dispense. *(Se va llorando.)*
SUEGRA.—¿Qué necesidad tienes de ponerte a mal con las gentes? 385
LEONARDO.—No le he preguntado su opinión. *(Se sienta.)*
SUEGRA.—Está bien. *(Pausa.)*
MUJER.—*(A* LEONARDO.) ¿Qué te pasa? ¿Qué idea te bulle por dentro de la cabeza? No me dejes así, sin saber nada... 390
LEONARDO.—Quita.
MUJER.—No. Quiero que me mires y me lo digas.
LEONARDO.—Déjame. *(Se levanta.)* 395
MUJER.—¿Adónde vas, hijo?
LEONARDO.—*(Agrio.)* ¿Te puedes callar?
SUEGRA.—*(Enérgica, a su hija.)* ¡Cállate! *(Sale* LEONARDO.) ¡El niño! *(Entra y vuelve a salir con él en brazos. La* MUJER *ha permanecido de pie, inmóvil.)* 400

Las patas heridas▼,
las crines heladas,
dentro de los ojos
un puñal de plata. 405
Bajaban al río.
¡Ay, cómo bajaban!
La sangre corría
más fuerte que el agua.

MUJER: *(Volviéndose lentamente y como soñando.)* 410
Duérmete, clavel,
que el caballo se pone a beber.

▼La actitud hosca de Leonardo ha provocado una nueva escena de violencia. El dramatismo de la *nana* se intensifica.

SUEGRA:
Duérmete, rosal,
415 que el caballo se pone a llorar.
MUJER:
Nana, niño, nana.
SUEGRA:
¡Ay, caballo grande,
que no quiso el agua!
MUJER: *(Dramática.)*
¡No vengas, no entres!
420 ¡Vete a la montaña!
¡Ay dolor de nieve,
caballo del alba!
SUEGRA: *(Llorando.)*
Mi niño se duerme...
MUJER: *(Llorando y acercándose lentamente.)*
Mi niño descansa...
SUEGRA:
425 Duérmete, clavel,
que el caballo no quiere beber.
MUJER: *(Llorando y apoyándose sobre la mesa.)*
Duérmete, rosal,
que el caballo se pone a llorar.

Telón▼.

▼El telón cae en el momento preciso. Las insinuaciones han sido bastante claras. La intriga se abre paso en la mente del espectador.

COMENTARIO 2 (líneas 360 a 429)

► *¿Cómo se estructura este fragmento? Resume el contenido de las distintas partes.*

► *¿Qué referencias se hacen a la posesión de riquezas? ¿Qué importancia tienen tales referencias en este contexto?*

► *¿Qué utilización se hace de los tratamientos? Señala ejemplos.*

► *¿Qué clase de versos se emplean en la parte poética? ¿Cómo riman?*

► *En el fragmento en verso se utiliza el paralelismo. ¿En qué consiste? Señala los casos que descubras.*

► *En la parte versificada aparecen algunos augurios importantes. Procura descubrirlos y explica sus significados.*

► *¿Qué valores expresivos predominan en las exclamaciones que aparecen en este fragmento?*

► *¿Qué diferencias significativas encuentras en el estribillo respecto a su anterior escritura? Explícalas.*

CUADRO TERCERO

Interior de la cueva donde vive la NOVIA. Al fondo, una cruz de grandes flores rosa. Las puertas redondas con cortinajes de encaje y lazos rosa. Por las paredes, de material blanco y duro, abanicos redondos, jarros azules y pequeños espejos▼.

430 CRIADA.—Pasen... *(Muy afable, llena de hipocresía humilde. Entran el* NOVIO *y su* MADRE. *La* MADRE *viste de raso negro y lleva mantilla de encaje. El* NOVIO, *de pana negra con gran cadena de oro.)* ¿Se quieren sentar? Ahora vie-
435 nen. *(Sale. Quedan* MADRE *e* HIJO *sentados, inmóviles como estatuas. Pausa larga.)*

MADRE.—¿Traes el reloj?

NOVIO.—Sí. *(Lo saca y lo mira.)*

MADRE.—Tenemos que volver a tiempo. ¡Qué le-
440 jos vive esta gente!

NOVIO.—Pero estas tierras son buenas.

MADRE.—Buenas; pero demasiado solas. Cuatro horas de camino y ni una casa ni un árbol.

NOVIO.—Estos son los secanos▼▼.

445 MADRE.—Tu padre los hubiera cubierto de árboles.

NOVIO.—¿Sin agua?

MADRE.—Ya la hubiera buscado. Los tres años que estuvo casado conmigo, plantó diez cere-
450 zos. *(Haciendo memoria.)* Los tres nogales del

▼El autor enriquece el decorado. El escenario se puebla de motivos andaluces. Las cuevas nos remiten a algunas localidades de Granada y Almería, cuyas viviendas son cuevas excavadas en las faldas de los montes.

▼▼Ya en el cuadro primero se mencionó esta lejanía. Aridez y lejanía completan el paisaje despiadado en el que surgirá la tragedia.

molino, toda una viña y una planta que se llama Júpiter[1], que da flores encarnadas, y se secó▼. *(Pausa.)*

[1] Nombre vulgar de la *Lagerstroemia indica.*

NOVIO.—*(Por la* NOVIA.) Debe estar vistiéndose. *(Entra el* PADRE DE LA NOVIA. *Es anciano, con el cabello blanco, reluciente. Lleva la cabeza inclinada. La* MADRE *y el* NOVIO *se levantan y se dan las manos en silencio.)* 455

PADRE.—¿Mucho tiempo de viaje?

MADRE.—Cuatro horas. *(Se sientan.)* 460

PADRE.—Habéis venido por el camino más largo.

MADRE.—Yo estoy ya vieja para andar por las terreras[2] del río.

[2] Tierras escarpadas.

NOVIO.—Se marea. *(Pausa.)*

PADRE.—Buena cosecha de esparto[3]. 465

[3] Planta cuyas hojas se emplean para hacer sogas, esteras, etc.

NOVIO.—Buena de verdad.

PADRE.—En mi tiempo, ni esparto daba esta tierra. Ha sido necesario castigarla y hasta llorarla, para que nos dé algo provechoso.

MADRE.—Pero ahora da. No te quejes. Yo no vengo a pedirte nada. 470

PADRE.—*(Sonriendo.)* Tú eres más rica que yo. Las viñas valen un capital▼▼. Cada pámpano, una moneda de plata. Lo que siento es que las tierras..., ¿entiendes?..., están separadas. A mí me gusta todo junto. Una espina tengo en el corazón, y es la huertecilla esa metida entre mis tierras, que no me quieren vender por todo el oro del mundo. 475

NOVIO.—Eso pasa siempre. 480

▼En el pensamiento de la Madre está siempre presente la idea de siembra, de fertilidad. Los árboles y el agua tienen valor simbólico.

▼▼Se evidencia el trasfondo social. En estas bodas de labradores se tenía muy en cuenta la riqueza que aportaba cada uno de los contrayentes.

PADRE.—Si pudiéramos con veinte pares de bueyes traer tus viñas aquí y ponerlas en la ladera[4]. ¡Qué alegría!...

[4] Pendiente de un monte.

MADRE.—¿Para qué?

PADRE.—Lo mío es de ella y lo tuyo de él. Por eso. Para verlo todo junto, ¡que junto es una hermosura!

NOVIO.—Y sería menos trabajo.

MADRE.—Cuando yo me muera, vendéis aquello y compráis aquí al lado.

PADRE.—Vender, ¡vender! ¡Bah!; comprar, hija, comprarlo todo. Si yo hubiera tenido hijos hubiera comprado todo este monte hasta la parte del arroyo. Porque no es buena tierra; pero con brazos se la hace buena, y como no pasa gente, no te roban los frutos y puedes dormir tranquilo. *(Pausa.)*

MADRE.—Tú sabes a lo que vengo.

PADRE.—Sí.

MADRE.—¿Y qué?

PADRE.—Me parece bien. Ellos lo han hablado.

MADRE.—Mi hijo tiene y puede.

PADRE.—Mi hija también▼.

MADRE.—Mi hijo es hermoso. No ha conocido mujer. La honra más limpia que una sábana puesta al sol▼▼.

PADRE.—Qué te digo de la mía. Hace las migas[5] a las tres, cuando el lucero. No habla nunca; suave como la lana, borda toda clase de borda-

[5] Plato a base de pan desmenuzado y frito en aceite o grasa.

▼Desde el punto de vista económico, el acuerdo va por buen camino.

▼▼El tema de la honra, que preside la vida callada y dura de los ambientes rurales, es subrayado por las palabras de la Madre.

510 dos y puede cortar una maroma[6] con los dientes.

MADRE.—Dios bendiga su casa.

PADRE.—Que Dios la bendiga. *(Aparece la* CRIADA *con dos bandejas. Una con copas y la otra*
515 *con dulces.)*

MADRE.—*(Al* HIJO.) ¿Cuándo queréis la boda?

NOVIO.—El jueves próximo.

PADRE.—Día en que ella cumple veintidós años justos.

520 MADRE.—¡Veintidós años! Esa edad tendría mi hijo mayor si viviera. Que viviría caliente y macho como era, si los hombres no hubieran inventado las navajas▼.

PADRE.—En eso no hay que pensar.

525 MADRE.—Cada minuto. Métete la mano en el pecho.

PADRE.—Entonces el jueves. ¿No es así?

MADRE.—Así es.

PADRE.—Los novios y nosotros iremos en coche
530 hasta la iglesia, que está muy lejos, y el acompañamiento en los carros y en las caballerías que traigan.

MADRE.—Conformes. *(Pasa la* CRIADA.)

PADRE.—Dile que ya puede entrar. *(A la* MADRE.)
535 Celebraré mucho que te guste. *(Aparece la* NOVIA. *Trae las manos caídas en actitud modesta y la cabeza baja.)*

MADRE.—Acércate. ¿Estás contenta?

NOVIA.—Sí, señora▼▼.

[6] Cuerda gruesa de esparto o cáñamo.

▼La Novia es mayor que el Novio. De pronto, al mencionar la edad, los recuerdos trágicos acuden al pensamiento de la Madre.

▼▼Conviene observar el lenguaje respetuoso de la Novia hacia la Madre. Las frases parecen tomadas directamente del habla coloquial.

PADRE.—No debes estar seria. Al fin y al cabo ella va a ser tu madre. 540

NOVIA.—Estoy contenta. Cuando he dado el sí es porque quiero darlo.

MADRE.—Naturalmente. *(Le coge la barbilla.)* Mírame. 545

PADRE.—Se parece en todo a mi mujer▾.

MADRE.—¿Sí? ¡Qué hermoso mirar! ¿Tú sabes lo que es casarse, criatura?

NOVIA.—*(Seria.)* Lo sé.

MADRE.—Un hombre, unos hijos y una pared de dos varas[7] de ancho para todo lo demás▾▾. 550

[7] Medida de longitud equivalente a 836 mm.

NOVIO.—¿Es que hace falta otra cosa?

MADRE.—No. Que vivan todos, ¡eso! ¡Que vivan!

NOVIA.—Yo sabré cumplir.

MADRE.—Aquí tienes unos regalos. 555

NOVIA.—Gracias.

PADRE.—¿No tomamos algo?

MADRE.—Yo no quiero. *(Al* NOVIO.) ¿Y tú?

NOVIO.—Tomaré. *(Toma un dulce. La* NOVIA *toma otro.)* 560

PADRE.—*(Al* NOVIO.) ¿Vino?

MADRE.—No lo prueba.

PADRE.—¡Mejor! *(Pausa. Todos están de pie.)*

NOVIO.—*(A la* NOVIA.) Mañana vendré.

NOVIA.—¿A qué hora? 565

NOVIO.—A las cinco.

NOVIA.—Yo te espero.

NOVIO.—Cuando me voy de tu lado siento un despego grande y así como un nudo en la garganta. 570

▾En el cuadro primero, la Madre se interesó por la madre de la Novia. Es necesario recordar aquí la opinión de la Vecina al respecto.

▾▾La Madre indica a la Novia las obligaciones de la mujer casada.

NOVIA.—Cuando seas mi marido ya no lo tendrás.
NOVIO.—Eso digo yo.
MADRE.—Vamos. El sol no espera. *(Al* PADRE.)
575 ¿Conformes en todo?
PADRE.—Conformes.
MADRE.—*(A la* CRIADA.) Adiós, mujer.
CRIADA.—Vayan ustedes con Dios▼. *(La* MADRE *besa a la* NOVIA *y van saliendo en silencio.)*
580 MADRE.—*(En la puerta.)* Adiós, hija. *(La* NOVIA *contesta con la mano.)*
PADRE.—Yo salgo con vosotros. *(Salen.)*
CRIADA.—Que reviento por ver los regalos.
NOVIA.—*(Agria.)* Quita.
585 CRIADA.—¡Ay, niña, enséñamelos!
NOVIA.—No quiero.
CRIADA.—Siquiera las medias. Dicen que son todas caladas. ¡Mujer!
NOVIA.—¡Ea, que no!
590 CRIADA.—Por Dios. Está bien. Parece como si no tuvieras ganas de casarte.
NOVIA.—*(Mordiéndose la mano con rabia.)* ¡Ay!
CRIADA.—Niña, hija, ¿qué te pasa▼▼? ¿Sientes dejar tu vida de reina? No pienses en cosas agrias.
595 ¿Tienes motivo? Ninguno. Vamos a ver los regalos. *(Coge la caja.)*
NOVIA.—*(Cogiéndola de las muñecas.)* Suelta.
CRIADA.—¡Ay, mujer!
NOVIA.—Suelta he dicho.
600 CRIADA.—Tienes más fuerza que un hombre.

▼Resalta el lenguaje sobrio y conciso, propio de las gentes taciturnas y elementales del campo español.

▼▼Nuevamente irrumpen en escena los presentimientos. La intriga ofrece cabos sueltos al espectador para que pueda seguir el hilo de la trama.

NOVIA.—¿No he hecho yo trabajos de hombre? ¡Ojalá fuera!

CRIADA.—¡No hables así!

NOVIA.—Calla he dicho. Hablemos de otro asunto. *(La luz va desapareciendo de la escena. Pausa larga.)* 605

CRIADA.—¿Sentiste anoche un caballo▾?

▾La mención al caballo nos remite inmediatamente a la conversación en casa de Leonardo y a la *nana* del cuadro segundo.

NOVIA.—¿A qué hora?
CRIADA.—A las tres.
610 NOVIA.—Sería un caballo suelto de la manada.
CRIADA.—No. Llevaba jinete.
NOVIA.—¿Por qué lo sabes?
CRIADA.—Porque lo vi. Estuvo parado en tu ventana. Me chocó mucho.
615 NOVIA.—¿No sería mi novio? Algunas veces ha pasado a esas horas.
CRIADA.—No.
NOVIA.—¿Tú le viste?
CRIADA.—Sí.
620 NOVIA.—¿Quién era?
CRIADA.—Era Leonardo.
NOVIA.—*(Fuerte.)* ¡Mentira! ¡Mentira! ¿A qué viene aquí?
CRIADA.—Vino.
625 NOVIA.—¡Cállate! ¡Maldita sea tu lengua! *(Se siente el ruido de un caballo.)*
CRIADA.—*(En la ventana.)* Mira, asómate. ¿Era?
NOVIA.—¡Era▼!

Telón rápido.

▼Al final del acto se esclarecen muchos misterios. La pasión de Leonardo se interpone como una sombra entre los novios.

COMENTARIO 3 (líneas 577 a 629)

- *¿Cuál es el tema más importante que se recoge en este texto?*

- *¿En qué partes dividirías el contenido del fragmento? Explica la respuesta.*

- *¿Cuál es la actitud de la Novia ante la boda? ¿En qué frases o detalles se refleja esa actitud?*

- *En el texto encontramos varias frases que corresponden al habla coloquial. Localiza algunos ejemplos. ¿Qué significado tiene esta utilización?*

- *Explica los distintos empleos de «que» en estas líneas.*

- *¿Qué formas verbales predominan en la conversación de la Novia con la Criada? ¿Por qué?*

- *¿Qué opinión te merece este final de acto? ¿Ha desvelado algo al espectador?*

- *¿Por qué el autor ha escrito: «Telón rápido»? ¿Qué significado tiene?*

ACTO SEGUNDO

CUADRO PRIMERO

Zaguán[1] *de casa de la* NOVIA. *Portón al fondo. Es de noche. La* NOVIA *sale con enaguas*[2] *blancas encañonadas*[3]*, llenas de encajes y puntas bordadas, y un corpiño*[4] *blanco, con los brazos al aire. La* CRIADA*, lo mismo.*

CRIADA.—Aquí te acabaré de peinar. 630

NOVIA.—No se puede estar ahí dentro, del calor.

CRIADA.—En estas tierras no refresca ni al amanecer. *(Se sienta la* NOVIA *en una silla baja y se mira en un espejito de mano. La* CRIADA *la peina.)* 635

NOVIA.—Mi madre era de un sitio donde había muchos árboles. De tierra rica.

[1] Vestíbulo o portal de una casa.

[2] Especie de saya que se usa debajo de la falda.

[3] Planchadas formando cañones o pliegues.

[4] Especie de chaleco ajustado al cuerpo.

CRIADA.—¡Así era ella de alegre▼!

NOVIA.—Pero se consumió aquí.

640 CRIADA.—El sino▼▼.

NOVIA.—Como nos consumimos todas. Echan fuego las paredes. ¡Ay!, no tires demasiado.

CRIADA.—Es para arreglarte mejor esta onda. Quiero que te caiga sobre la frente. *(La* NOVIA
645 *se mira en el espejo.)* ¡Qué hermosa estás! ¡Ay! *(La besa apasionadamente.)*

NOVIA.—*(Seria.)* Sigue peinándome.

CRIADA.—*(Peinándola.)* ¡Dichosa tú que vas a abrazar a un hombre, que lo vas a besar, que
650 vas a sentir su peso!

NOVIA.—Calla.

CRIADA.—Y lo mejor es cuando te despiertes y lo sientas al lado y que él te roza los hombros con su aliento, como con una plumilla de ruiseñor.

655 NOVIA.—*(Fuerte.)* ¿Te quieres callar?

CRIADA.—¡Pero, niña! Una boda, ¿qué es? Una boda es esto y nada más. ¿Son los dulces? ¿Son los ramos de flores? No. Es una cama relumbrante y un hombre y una mujer▼▼▼.

660 NOVIA.—No se debe decir.

CRIADA.—Eso es otra cosa. ¡Pero es bien alegre!

NOVIA.—O bien amargo.

CRIADA.—El azahar[5] te lo voy a poner desde aquí hasta aquí, de modo que la corona luzca sobre
665 el peinado. *(Le prueba un ramo de azahar.)*

[5] Flor blanca y olorosa del naranjo, limonero y cidro.

▼El calor contribuye a crear una atmósfera dramática. La Novia evoca las tierras de su madre, más frescas y ricas que aquel secano. La Criada relaciona el carácter de las gentes con la tierra.

▼▼Los propios personajes son conscientes del fatalismo que preside sus vidas.

▼▼▼La concepción del matrimonio por parte de la Criada se centra, sobre todo, en la relación sexual. Los reproches de la Novia contrastan con el entusiasmo de aquélla.

NOVIA.—*(Se mira en el espejo.)* Trae. *(Coge el azahar y lo mira y deja caer la cabeza abatida.)*
CRIADA.—¿Qué es esto?
NOVIA.—Déjame.
CRIADA.—No son horas de ponerse triste. *(Animosa.)* Trae el azahar. *(La* NOVIA *tira el azahar.)* ¡Niña! ¿Qué castigo pides tirando al suelo la corona? ¡Levanta esa frente! ¿Es que no te quieres casar? Dilo. Todavía te puedes arrepentir. *(Se levanta.)* 670 675
NOVIA.—Son nublos[6]. Un mal aire en el centro, ¿quién no lo tiene?
CRIADA.—Tú quieres a tu novio.
NOVIA.—Lo quiero.
CRIADA.—Sí, sí, estoy segura. 680
NOVIA.—Pero éste es un paso muy grande▼.
CRIADA.—Hay que darlo.
NOVIA.—Ya me he comprometido.
CRIADA.—Te voy a poner la corona.
NOVIA.—*(Se sienta.)* Date prisa, que ya deben ir llegando. 685
CRIADA.—Ya llevarán lo menos dos horas de camino.
NOVIA.—¿Cuánto hay de aquí a la iglesia?
CRIADA.—Cinco leguas por el arroyo, que por el camino hay el doble. *(La* NOVIA *se levanta y la* CRIADA *se entusiasma al verla.)* 690

Despierte la novia▼▼
la mañana de la boda.
¡Que los ríos del mundo 695
lleven tu corona!

[6] Nublados.

▼La Novia no ama al Novio. Va a acceder al matrimonio, pero aún pervive su antigua pasión.

▼▼La Criada inicia el canto de un epitalamio, composición poética en que se exalta la celebración de una boda. Las imágenes, de entrada, están llenas de esperanza.

NOVIA.—*(Sonriente.)* Vamos.

CRIADA: *(La besa entusiasmada y baila alrededor.)*

700 Que despierte
con el ramo verde
del laurel florido.
¡Que despierte
por el tronco y la rama
705 de los laureles!

(Se oyen unos aldabonazos[7].)

NOVIA.—¡Abre! Deben ser los primeros convidados. *(Entra. La* CRIADA *abre sorprendida.)*

CRIADA.—¿Tú?

710 LEONARDO.—Yo. Buenos días.

CRIADA.—¡El primero!

LEONARDO.—¿No me han convidado?

[7] Golpes recios dados con la aldaba o picaporte.

CRIADA.—Sí.
LEONARDO.—Por eso vengo.
CRIADA.—¿Y tu mujer? 715
LEONARDO.—Yo vine a caballo. Ella se acerca por el camino.
CRIADA.—¿No te has encontrado a nadie?
LEONARDO.—Los pasé con el caballo.
CRIADA.—Vas a matar al animal con tanta carrera. 720
LEONARDO.—¡Cuando se muera, muerto está▼! *(Pausa.)*
CRIADA.—Siéntate. Todavía no se ha levantado nadie. 725
LEONARDO.—¿Y la novia?
CRIADA.—Ahora mismo la voy a vestir.
LEONARDO.—¡La novia! ¡Estará contenta!
CRIADA.—*(Variando de conversación.)* ¿Y el niño? 730
LEONARDO.—¿Cuál?
CRIADA.—Tu hijo.
LEONARDO.—*(Recordando como soñoliento.)* ¡Ah!
CRIADA.—¿Lo traen? 735
LEONARDO.—No. *(Pausa. Voces cantando muy lejos.)*
VOCES:

¡Despierte la novia
la mañana de la boda! 740

LEONARDO:

Despierte la novia
la mañana de la boda.

CRIADA.—Es la gente. Vienen lejos todavía.

▼No se debe olvidar el valor simbólico del caballo para tratar de entender estas palabras en su más hondo sentido.

745 LEONARDO.—*(Levantándose.)* La novia llevará una corona grande, ¿no? No debía ser tan grande. Un poco más pequeña le sentaría mejor. ¿Y trajo ya el novio el azahar que se tiene que poner en el pecho▼?

750 NOVIA.—*(Apareciendo todavía en enaguas y con la corona de azahar puesta.)* Lo trajo.

CRIADA.—*(Fuerte.)* No salgas así.

NOVIA.—¿Qué más da? *(Seria.)* ¿Por qué preguntas si trajeron el azahar? ¿Llevas intención?

755 LEONARDO.—Ninguna. ¿Qué intención iba a tener? *(Acercándose.)* Tú, que me conoces, sabes que no la llevo. Dímelo. ¿Quién he sido yo para ti? Abre y refresca tu recuerdo. Pero dos bueyes y una mala choza son casi nada. Esa es

760 la espina▼▼.

NOVIA.—¿A qué vienes?

LEONARDO.—A ver tu casamiento.

NOVIA.—¡También yo vi el tuyo!

LEONARDO.—Amarrado por ti, hecho con tus dos

765 manos. A mí me pueden matar, pero no me pueden escupir. Y la plata, que brilla tanto, escupe algunas veces.

NOVIA.—¡Mentira!

LEONARDO.—No quiero hablar, porque soy

770 hombre de sangre, y no quiero que todos estos cerros oigan mis voces▼▼▼.

NOVIA.—Las mías serían más fuertes.

CRIADA.—Estas palabras no pueden seguir. Tú no tienes que hablar de lo pasado. *(La* CRIADA

775 *mira a las puertas presa de inquietud.)*

▼Nótese la ironía de Leonardo.

▼▼En las afirmaciones de Leonardo se pone de manifiesto el problema social que ha impedido el matrimonio entre los dos amantes.

▼▼▼El lenguaje de esta escena resulta violento y altamente realista.

NOVIA.—Tienes razón. Yo no debo hablarte siquiera. Pero se me calienta el alma de que vengas a verme y atisbar[8] mi boda y preguntes con intención por el azahar. Vete y espera a tu mujer en la puerta.

LEONARDO.—¿Es que tú y yo no podemos hablar?

CRIADA.—*(Con rabia.)* No; no podéis hablar.

LEONARDO.—Después de mi casamiento he pensado noche y día de quién era la culpa, y cada vez que pienso sale una culpa nueva que se come a la otra; pero ¡siempre hay culpa▼!

NOVIA.—Un hombre con su caballo sabe mucho y puede mucho para poder estrujar a una muchacha metida en un desierto. Pero yo tengo orgullo. Por eso me caso. Y me encerraré con mi marido, a quien tengo que querer por encima de todo.

LEONARDO.—El orgullo no te servirá de nada. *(Se acerca.)*

NOVIA.—¡No te acerques!

LEONARDO.—Callar y quemarse es el castigo más grande que nos podemos echar encima. ¿De qué me sirvió a mí el orgullo y el no mirarte y el dejarte despierta noches y noches? ¡De nada! ¡Sirvió para echarme fuego encima! Porque tú crees que el tiempo cura y que las paredes tapan, y no es verdad, no es verdad. ¡Cuando las cosas llegan a los centros, no hay quien las arranque!

NOVIA.—*(Temblando.)* No puedo oírte. No puedo oír tu voz. Es como si me bebiera una botella de anís y me durmiera en una colcha de

[8] Mirar, acechar.

▼El problema de la culpa es otro de los temas que se contemplan en el desarrollo de la obra y se relaciona con las fuerzas sobrenaturales.

rosas. Y me arrastra y sé que me ahogo, pero
810 voy detrás▼.

CRIADA.—*(Cogiendo a* LEONARDO *por las solapas.)* ¡Debes irte ahora mismo!

LEONARDO.—Es la última vez que voy a hablar con ella. No temas nada.

815 NOVIA.—Y sé que estoy loca y sé que tengo el pecho podrido de aguantar, y aquí estoy quieta por oírlo, por verlo menear los brazos.

LEONARDO.—No me quedo tranquilo si no te digo estas cosas. Yo me casé. Cásate tú
820 ahora▼▼.

CRIADA.—*(A* LEONARDO.*)* ¡Y se casa!

VOCES: *(Cantando más cerca.)*

Despierte la novia
la mañana de la boda.

825 NOVIA.—¡Despierte la novia! *(Sale corriendo a su cuarto.)*

CRIADA.—Ya está aquí la gente. *(A* LEONARDO.*)* No te vuelvas a acercar a ella.

LEONARDO.—Descuida. *(Sale por la izquierda.*
830 *Empieza a clarear el día.)*

MUCHACHA 1.ª: *(Entrando.)*

Despierte la novia
la mañana de la boda;
ruede la ronda
835 y en cada balcón una corona ▼▼▼.

▼En estos parlamentos se descubre el verdadero fuego que consume a los dos amantes. La bella imagen que se recoge aquí describe admirablemente la pasión de la Novia.

▼▼La atracción de los amantes es superior a sus fuerzas. Ellos intentan olvidar su pasada relación, pero no pueden.

▼▼▼La presencia de los labradores con sus cantos de boda recuerda claramente los pasajes de las comedias de Lope de Vega. El *Fénix* empleaba estos mismos recursos.

VOCES:
¡Despierte la novia!
CRIADA: *(Moviendo algazara[9].)*
Que despierte
con el ramo verde 840
del amor florido.
¡Que despierte
por el tronco y la rama
de los laureles!
MUCHACHA 2.ª: *(Entrando.)* 845
Que despierte
con el largo pelo,
camisa de nieve,
botas de charol[10] y plata
y jazmines[11] en la frente. 850
CRIADA:
¡Ay pastora,
que la luna asoma▼!
MUCHACHA 1.ª:
¡Ay galán, 855
deja tu sombrero por el olivar!
MOZO 1.º: *(Entrando con el sombrero en alto.)*
Despierte la novia,
que por los campos viene
rondando la boda▼▼, 860
con bandejas de dalias
y panes de gloria.
VOCES:
¡Despierte la novia!

[9] Alboroto, gritería.

[10] Cuero que lleva un barniz muy lustroso y flexible.

[11] Arbusto de flores blancas y olorosas. Flor de esta planta.

▼El epitalamio está lleno de imágenes florales de influencia popular. Conviene resaltar la presencia de la Luna que tanto protagonismo ha tenido en la poesía lorquiana.

▼▼La estructura de estas canciones epitalámicas se basa en una serie de estrofas eslabonadas por un estribillo. Solían representarse con los invitados danzando alrededor de la novia.

865 MUCHACHA 2.ª:
La novia
se ha puesto su blanca corona,
y el novio
se la prende con lazos de oro.
870 CRIADA:
Por el toronjil[12]
la novia no puede dormir.
MUCHACHA 3.ª: *(Entrando.)*
Por el naranjel[13]
875 el novio le ofrece cuchara y mantel.
(Entran tres CONVIDADOS.)
MOZO 1.º:
¡Despierta, paloma!
El alba despeja
880 campanas de sombra.
CONVIDADO:
La novia, la blanca novia▼.
hoy doncella[14],
mañana señora.
885 MUCHACHA 1.ª:
Baja, morena,
arrastrando tu cola de seda.
CONVIDADO:
Baja, morenita,
890 que llueve rocío la mañana fría.
MOZO 1.º:
Despertad, señora, despertad,
porque viene el aire lloviendo azahar.
CRIADA:
895 Un árbol quiero bordarle
lleno de cintas granates[15]
y en cada cinta un amor
con vivas alrededor.

[12] Planta herbácea con jugo y esencia medicinales.

[13] Naranjal.

[14] Mujer que no ha conocido varón.

[15] De color rojo oscuro.

▼El color blanco simboliza, aquí, la virginidad de la Novia.

VOCES:
Despierte la novia. 900
MOZO 1.º:
¡La mañana de la boda!
CONVIDADO:
La mañana de la boda
qué galana[16] vas a estar; 905
pareces, flor de los montes,
la mujer de un capitán▼.
PADRE: *(Entrando.)*
La mujer de un capitán
se lleva el novio. 910
¡Ya viene con sus bueyes por el tesoro!
MUCHACHA 3.ª:
El novio
parece la flor del oro.
Cuando camina, 915
a sus plantas se agrupan las clavellinas[17].
CRIADA:
¡Ay mi niña dichosa!
MOZO 2.º:
Que despierte la novia. 920
CRIADA:
¡Ay mi galana▼▼!
MUCHACHA 1.ª:
La boda está llamando
por las ventanas. 925
MUCHACHA 2.ª:
Que salga la novia.

[16] Hermosa.

[17] Especie de clavel de flores más pequeñas.

▼En estos versos se rastrean las huellas de la poesía tradicional recogida por autores como Juan del Encina, Gil Vicente, Lope, etc.

▼▼El papel de los invitados y sus cantos es semejante al de los coros de la tragedia griega; pero aquí, en este caso, sólo se intenta ilustrar la acción y motivar al espectador.

MUCHACHA 1.ª:
¡Que salga, que salga!
930 CRIADA:
¡Que toquen y repiquen
las campanas!
MOZO 1.º:
¡Que viene aquí! ¡Que sale ya!
935 CRIADA:
¡Como un toro, la boda
levantándose está!
(Aparece la NOVIA. *Lleva un traje negro mil novecientos*[18]*, con caderas y larga*
940 *cola rodeada de gasas plisadas*[19] *y encajes duros. Sobre el peinado de visera lleva la corona de azahar. Suenan las guitarras. Las* MUCHACHAS *besan a la* NOVIA.)
945 MUCHACHA 3.ª—¿Qué esencia te echaste en el pelo?
NOVIA.—*(Riendo.)* Ninguna.
MUCHACHA 2.ª—*(Mirando el traje.)* La tela es de lo que no hay[20].
950 MOZO 1.º—¡Aquí está el novio!
NOVIO.—¡Salud!
MUCHACHA 1.ª: *(Poniéndole una flor en la oreja.)*
El novio
parece la flor del oro.
955 MUCHACHA 2.ª:
¡Aires de sosiego
le manan los ojos!
(El NOVIO *se dirige al lado de la* NOVIA.)
NOVIA.—¿Por qué te pusiste esos zapatos?
960 NOVIO.—Son más alegres que los negros▼.

[18] Modelo de 1900.

[19] Con pliegues.

[20] Fuera de serie, extraordinaria.

▼No puede pasar desapercibido este juego de insinuaciones relacionado con el color de los zapatos.

MUJER DE LEONARDO.—*(Entrando y besando a la* NOVIA.) ¡Salud! *(Hablan todos con algazara.)*

LEONARDO: *(Entrando como quien cumple un deber.)* 965

La mañana de casada
la corona te ponemos.

MUJER:

¡Para que el campo se alegre
con el agua de tu pelo! 970

MADRE.—*(Al* PADRE.) ¿También están esos aquí?

PADRE.—Son familia. ¡Hoy es día de perdones!

MADRE.—Me aguanto, pero no perdono▼.

NOVIO.—¡Con la corona da alegría mirarte!

NOVIA.—¡Vámonos pronto a la iglesia! 975

NOVIO.—¿Tienes prisa?

NOVIA.—Sí. Estoy deseando ser tu mujer y quedarme sola contigo, y no oír más voz que la tuya.

NOVIO.—¡Eso quiero yo! 980

NOVIA.—Y no ver más que tus ojos. Y que me abrazaras tan fuerte, que aunque me llamara mi madre, que está muerta, no me pudiera despegar de ti▼▼.

NOVIO.—Yo tengo fuerza en los brazos. Te voy 985 a abrazar cuarenta años seguidos.

NOVIA.—*(Dramática, cogiéndole del brazo.)* ¡Siempre!

PADRE.—¡Vamos pronto! ¡A coger las caballerías y los carros! Que ya ha salido el sol. 990

MADRE.—¡Que llevéis cuidado! No sea que ten-

▼El rencor de la Madre, su deseo insatisfecho de venganza, aflora continuamente.

▼▼La Novia quiere acallar su inclinación. Incluso rechaza la voz de la infidelidad, que le recuerda a su madre, que «no quería a su marido» (I, 1).

gamos mala hora[21]. *(Se abre el gran portón del fondo. Empiezan a salir.)*

CRIADA: *(Llorando.)*

995 Al salir de tu casa,
blanca doncella,
acuérdate que sales
como una estrella...

MUCHACHA 1.ª:

1000 Limpia de cuerpo y ropa
al salir de tu casa para la boda.

(Van saliendo.)

MUCHACHA 2.ª:

¡Ya sales de tu casa
1005 para la iglesia!

CRIADA:

¡El aire pone flores
por las arenas!

MUCHACHA 3.ª:

1010 ¡Ay la blanca niña!

CRIADA:

Aire oscuro el encaje
de su mantilla[22].

(Salen. Se oyen guitarras, palillos[23] y
1015 *panderetas. Quedan solos* LEONARDO *y su* MUJER.)

MUJER.—Vamos.

LEONARDO.—¿Adónde?

MUJER.—A la iglesia. Pero no vas en el caballo.
1020 Vienes conmigo.

LEONARDO.—¿En el carro?

MUJER.—¿Hay otra cosa?

LEONARDO.—Yo no soy hombre para ir en carro.

MUJER.—Y yo no soy mujer para ir sin su mari-
1025 do a un casamiento. ¡Que no puedo más!

LEONARDO.—¡Ni yo tampoco!

[21] Que ocurra alguna desgracia.

[22] Prenda de encaje o seda, etc., usada por la mujer. Cubre la cabeza y cae por los hombros.

[23] Castañuelas.

MUJER.—¿Por qué me miras así? Tienes una espina en cada ojo[▼].
LEONARDO.—¡Vamos!
MUJER.—No sé lo que pasa. Pero pienso y no quiero pensar. Una cosa sé. Yo ya estoy despachada. Pero tengo un hijo. Y otro que viene. Vamos andando. El mismo sino tuvo mi madre. Pero de aquí no me muevo[▼▼]. *(Voces fuera.)* 1030 1035
VOCES:

¡Al salir de tu casa
para la iglesia,
acuérdate que sales
como una estrella! 1040

MUJER: *(Llorando.)*

¡Acuérdate que sales
como una estrella!

Así salí yo de mi casa también. Que me cabía todo el campo en la boca. 1045
LEONARDO.—*(Levantándose.)* Vamos.
MUJER.—¡Pero conmigo!
LEONARDO.—Sí. *(Pausa.)* ¡Echa a andar! *(Salen.)*
VOCES:

Al salir de tu casa 1050
para la iglesia,
acuérdate que sales
como una estrella.

Telón lento[▼▼▼].

▼Recuérdense los versos de la *nana* (I, 2): «dentro de los ojos / un puñal de plata».

▼▼La Mujer, como ya se vio (I, 2), también presiente el amor de Leonardo hacia la Novia; pero sufre, persevera y acepta su destino.

▼▼▼Telón lento, en contraste con el final del cuadro anterior. La actitud de Leonardo permite prever cualquier desgracia; la mujer ya es consciente de ello.

CUADRO SEGUNDO

Exterior de la cueva de la NOVIA[1]. Entonación en blancos grises y azules fríos. Grandes chumberas[1]. Tonos sombríos y plateados. Panorama de mesetas color barquillo, todo endurecido como paisaje de cerámica popular.

1 Plantas propias de países tropicales cuyo fruto es el higo chumbo.

1055 CRIADA: *(Arreglando en una mesa copas y bandejas.)*
Giraba,
giraba la rueda
y el agua pasaba,
1060 porque llega la boda,
que se aparten las ramas
y la luna se adorne
por su blanca baranda[2].
(En voz alta.)
1065 ¡Pon los manteles!
(En voz patética[3].)
Cantaban,
cantaban los novios
y el agua pasaba,
1070 porque llega la boda,
que relumbre la escarcha[4]
y se llenen de miel
las almendras amargas.
(En voz alta.)
1075 ¡Prepara el vino!
(En voz poética.)
Galana,
galana de la tierra,
mira cómo el agua pasa.
1080 Porque llega tu boda
recógete las faldas
y bajo el ala del novio
nunca salgas de tu casa.

2 Barandilla.

3 Que produce tristeza; que conmueve.

4 Rocío congelado.

Porque el novio es un palomo
con todo el pecho de brasa 1085
y espera el campo el rumor
de la sangre derramada.
Giraba,
giraba la rueda
y el agua pasaba. 1090
¡Porque llega tu boda,
deja que relumbre el agua ▼!

MADRE.—*(Entrando.)* ¡Por fin!

PADRE.—¿Somos los primeros?

CRIADA.—No. Hace rato llegó Leonardo con su 1095
mujer. Corrieron como demonios. La mujer llegó muerta de miedo. Hicieron el camino como si hubieran venido a caballo.

PADRE.—Ése busca la desgracia. No tiene buena sangre. 1100

MADRE.—¿Qué sangre va a tener? La de toda su familia. Mana de su bisabuelo, que empezó matando, y sigue en toda la mala ralea[5], manejadores de cuchillos y gente de falsa sonrisa ▼▼. 1105

PADRE.—¡Vamos a dejarlo!

CRIADA.—¿Cómo lo va a dejar?

MADRE.—Me duele hasta la punta de las venas. En la frente de todos ellos yo no veo más que la mano con que mataron a lo que era mío. 1110
¿Tú me ves a mí? ¿No te parezco loca? Pues es loca de no haber gritado todo lo que mi pecho

[5] Linaje, casta.

▼En la canción se mezclan muchos de los motivos típicos de la poesía lorquiana. La *nana* (I, 2) recogía ya algunos de los que aquí se repiten.

▼▼Los elementos de la tragedia van ocupando su sitio como en un rompecabezas: el caballo desenfrenado, la rivalidad de la sangre, los cuchillos...

necesita. Tengo en mi pecho un grito siempre
puesto de pie a quien tengo que castigar y me-
1115 ter entre los mantos[6]. Pero me llevan a los
muertos y hay que callar. Luego la gente cri-
tica. *(Se quita el manto.)*

PADRE.—Hoy no es día de que te acuerdes de esas
cosas.

1120 MADRE.—Cuando sale la conversación, tengo
que hablar. Y hoy más. Porque hoy me quedo
sola en mi casa.

PADRE.—En espera de estar acompañada.

MADRE.—Esa es mi ilusión: los nietos. *(Se sien-*
1125 *tan.)*

PADRE.—Yo quiero que tengan muchos. Esta tierra necesita brazos que no sean pagados[7]. Hay
que sostener una batalla con las malas hierbas,
con los cardos, con los pedruscos que salen no
1130 se sabe dónde. Y estos brazos tienen que ser de
los dueños, que castiguen y que dominen, que
hagan brotar las simientes. Se necesitan muchos hijos▼.

MADRE.—¡Y alguna hija! ¡Los varones son del
1135 viento! Tienen por fuerza que manejar armas.
Las niñas no salen jamás a la calle.

[6] Acallar.

[7] Que no sean de criados o servidores.

▼También el Padre reconoce la función de la tierra, pero su punto de vista es distinto al de la Madre. La misión del hombre es trabajarla y defender el crecimiento de las cosechas.

COMENTARIO 4 (líneas 1055 a 1136)

- *¿Qué partes formales se distinguen en este fragmento? ¿Qué relación guarda esta distribución con la construcción total de la obra?*

- *¿Qué ideas principales se expresan en la primera parte? ¿Y en la segunda?*

- *¿Por qué la Criada canta la canción con voz patética?*

- *Señala los principales presagios que contiene la canción.*

- *¿Qué explicación encuentras a las repeticiones al comienzo de cada estrofa? ¿Qué significado tiene ese «giraba, giraba la rueda»?*

- *¿Crees que existe alguna relación entre los diálogos en prosa y la canción de la Criada?*

- *En los parlamentos de la Madre abundan las perífrasis verbales. Localízalas y explica sus valores expresivos.*

- *Señala algunas de las imágenes que encuentres en el fragmento en prosa y comenta su utilización.*

PADRE.—*(Alegre.)* Yo creo que tendrán de todo.

MADRE.—Mi hijo la cubrirá[8] bien. Es de buena simiente. Su padre pudo haber tenido conmigo muchos hijos▼.

1140

PADRE.—Lo que yo quisiera es que esto fuera cosa de un día. Que en seguida tuvieran dos o tres hombres.

[8] La fecundará.

▼En el primer cuadro del acto I dice la Madre al Novio: «... tu padre no tuvo lugar de hacérmelos a mí».

MADRE.—Pero no es así. Se tarda mucho. Por eso es tan terrible ver la sangre de una derramada por el suelo. Una fuente que corre un minuto y a nosotros nos ha costado años. Cuando yo llegué a ver a mi hijo, estaba tumbado en mitad de la calle▼. Me mojé las manos de sangre y me las lamí con la lengua. Porque era mía. 1145 1150

▼Debemos refrescar la memoria con aquellos versos del *Poema del cante jondo:* «Muerto se quedó en la calle / con un puñal en el pecho. / No lo conocía nadie.»

Tú no sabes lo que es eso. En una custodia[9] de cristal y topacios[10] pondría yo la tierra empapada por ella.

PADRE.—Ahora tienes que esperar. Mi hija es an-
1155 cha y tu hijo es fuerte.

MADRE.—Así espero. *(Se levantan.)*

PADRE.—Prepara las bandejas de trigo.

CRIADA.—Están preparadas.

MUJER DE LEONARDO.—*(Entrando.)* ¡Que sea
1160 para bien!

MADRE.—Gracias.

LEONARDO.—¿Va a haber fiesta?

PADRE.—Poca. La gente no puede entretenerse.

CRIADA.—¡Ya están aquí! *(Van entrando* INVITA-
1165 DOS *en alegres grupos. Entran los* NOVIOS *cogidos del brazo. Sale* LEONARDO.)

NOVIO.—En ninguna boda se vio tanta gente.

NOVIA.—*(Sombría.)* En ninguna.

PADRE.—Fue lucida.

1170 MADRE.—Ramas enteras de familias han venido▼.

NOVIO.—Gente que no salía de su casa.

MADRE.—Tu padre sembró mucho y ahora lo recoges tú.

1175 NOVIO.—Hubo primos míos que yo ya no conocía.

MADRE.—Toda la gente de la costa▼▼.

NOVIO.—*(Alegre.)* Se espantaban de los caballos. *(Hablan.)*

1180 MADRE.—*(A la* NOVIA.) ¿Qué piensas?

NOVIA.—No pienso en nada.

[9] Objeto de culto para exponer la Hostia consagrada.

[10] Piedra de joyería transparente y amarilla.

▼La Madre se muestra satisfecha al contemplar juntos a los miembros de su larga familia.

▼▼Se ofrece un contraste continuo entre «la gente de la costa», más alegre, y los habitantes del secano, ásperos y endurecidos.

MADRE.—Las bendiciones pesan mucho. *(Se oyen guitarras.)*
NOVIA.—Como el plomo.
MADRE.—*(Fuerte.)* Pero no han de pesar. Ligera como paloma debes ser. 1185
NOVIA.—¿Se queda usted aquí esta noche?
MADRE.—No. Mi casa está sola.
NOVIA.—¡Debía usted quedarse!
PADRE.—*(A la* MADRE.) Mira el baile que tienen formado. Bailes de allá de la orilla del mar. *(Sale* LEONARDO *y se sienta. Su* MUJER, *detrás de él, en actitud rígida.)* 1190
MADRE.—Son los primos de mi marido. Duros como piedras para la danza. 1195
PADRE.—Me alegra el verlos. ¡Qué cambio para esta casa▼! *(Se va.)*
NOVIO.—*(A la* NOVIA.) ¿Te gustó el azahar?
NOVIA.—*(Mirándole fija.)* Sí.
NOVIO.—Es todo de cera. Dura siempre. Me hubiera gustado que llevaras en todo el vestido. 1200
NOVIA.—No hace falta. *(Mutis de* LEONARDO *por la derecha.)*
MUCHACHA 1.ª—Vamos a quitarle los alfileres.
NOVIA.—*(Al* NOVIO.) Ahora vuelvo. 1205
MUJER.—¡Que seas feliz con mi prima!
NOVIO.—Tengo seguridad.
MUJER.—Aquí los dos; sin salir nunca y a levantar la casa. ¡Ojalá yo viviera también así de lejos▼▼! 1210
NOVIO.—¿Por qué no compráis tierras? El monte es barato y los hijos se crían mejor.

▼El Padre celebra la presencia en el secano de aquellas gentes alegres. Quizás evoca las ilusiones de sus primeros años de matrimonio.

▼▼En estas palabras se encierra una cierta intención que va más allá del deseo que se expresa.

MUJER.—No tenemos dinero. ¡Y con el camino que llevamos!

1215 NOVIO.—Tu marido es un buen trabajador.

MUJER.—Sí, pero le gusta volar demasiado. Ir de una cosa a otra. No es hombre tranquilo ▼.

CRIADA.—¿No tomáis nada? Te voy a envolver unos roscos de vino para tu madre, que a ella

1220 le gustan mucho.

NOVIO.—Ponle tres docenas.

MUJER.—No, no. Con media tiene bastante.

NOVIO.—Un día es un día.

MUJER.—*(A la* CRIADA.*)* ¿Y Leonardo?

1225 CRIADA.—No lo vi.

NOVIO.—Debe estar con la gente.

MUJER.—¡Voy a ver! *(Se va.)*

CRIADA.—Aquello está hermoso.

NOVIO.—¿Y tú no bailas?

1230 CRIADA.—No hay quien me saque. *(Pasan al fondo dos* MUCHACHAS; *durante todo este acto, el fondo será un animado cruce de figuras.)*

NOVIO.—*(Alegre.)* Eso se llama no entender. Las viejas frescas como tú bailan mejor que las jó-

1235 venes.

CRIADA.—Pero ¿vas a echarme requiebros[11], niño? ¡Qué familia la tuya! ¡Machos entre los machos! Siendo niña vi la boda de tu abuelo. ¡Qué figura! Parecía como si se casara un

1240 monte.

NOVIO.—Yo tengo menos estatura.

CRIADA.—Pero el mismo brillo en los ojos ▼▼. ¿Y la niña?

[11] Galanteos, piropos.

▼La mujer de Leonardo expresa su resignación y confirma con sus palabras los presagios que se van acumulando.

▼▼La Criada insiste en la idea del determinismo biológico (leyes de la herencia): el Novio tiene la misma fuerza interior del abuelo.

NOVIO.—Quitándose la toca[12].

CRIADA.—¡Ah! Mira. Para la medianoche, como no dormiréis, os he preparado jamón y unas copas grandes de vino antiguo. En la parte baja de la alacena[13]. Por si lo necesitáis. 1245

NOVIO.—*(Sonriente.)* No como a medianoche.

CRIADA.—*(Con malicia.)* Si tú no, la novia. *(Se va.)* 1250

MOZO 1.º—*(Entrando.)* ¡Tienes que beber con nosotros!

NOVIO.—Estoy esperando a la novia.

MOZO 2.º—¡Ya la tendrás en la madrugada! 1255

MOZO 1.º—¡Que es cuando más gusta!

MOZO 2.º—Un momento.

NOVIO.—Vamos. *(Salen. Se oye gran algazara. Sale la* NOVIA. *Por el lado opuesto salen dos* MUCHACHAS *corriendo a encontrarla.)* 1260

MUCHACHA 1.ª—¿A quién diste el primer alfiler, a mí o a ésta?

NOVIA.—No me acuerdo.

MUCHACHA 1.ª—A mí me lo diste aquí.

MUCHACHA 2.ª—A mí delante del altar. 1265

NOVIA.—*(Inquieta y con una gran lucha interior.)* No sé nada.

MUCHACHA 1.ª—Es que yo quisiera que tú...

NOVIA.—*(Interrumpiendo.)* Ni me importa. Tengo mucho que pensar. 1270

MUCHACHA 2.ª—Perdona. (LEONARDO *cruza al fondo*▼.)

NOVIA.—*(Ve a* LEONARDO.) Y estos momentos son agitados.

MUCHACHA 1.ª—¡Nosotras no sabemos nada! 1275

[12] Prenda de tela para cubrir la cabeza.

[13] Hueco hecho en la pared a manera de armario.

▼La visión de Leonardo rondando alrededor de la Novia reproduce la escena de un león (Leon-ardo) tras su presa.

NOVIA.—Ya lo sabréis cuando os llegue la hora. Estos pasos son pasos que cuestan mucho▼.

MUCHACHA 1.ª—¿Te ha disgustado?

NOVIA.—No. Perdonad vosotras.

1280 MUCHACHA 2.ª—¿De qué? Pero los dos alfileres sirven para casarse, ¿verdad?

NOVIA.—Los dos.

MUCHACHA 1.ª—Ahora, que una se casa antes que otra.

1285 NOVIA.—¿Tantas ganas tenéis?

MUCHACHA 2.ª—*(Vergonzosa.)* Sí.

NOVIA.—¿Para qué?

MUCHACHA 1.ª—Pues... *(Abrazando a la segunda. Echan a correr las dos. Llega el* NOVIO *y,*

1290 *muy despacio, abraza a la* NOVIA *por detrás.)*

NOVIA.—*(Con gran sobresalto.)* ¡Quita▼▼!

NOVIO.—¿Te asustas de mí?

NOVIA.—¡Ay! ¿Eras tú?

NOVIO.—¿Quién iba a ser? *(Pausa.)* Tu padre o

1295 yo.

NOVIA.—¡Es verdad!

NOVIO.—Ahora que tu padre te hubiera abrazado más blando.

NOVIA.—*(Sombría.)* ¡Claro!

1300 NOVIO.—Porque es viejo. *(La abraza fuertemente de un modo un poco brusco.)*

NOVIA.—*(Seca.)* ¡Déjame!

NOVIO.—¿Por qué? *(La deja.)*

NOVIA.—Pues... la gente. Pueden vernos. *(Vuel-*

1305 *ve a cruzar el fondo la* CRIADA, *que no mira a los* NOVIOS.)

▼La Novia se muestra inquieta. Sus problemas no son los comunes en una novia que regresa del altar.

▼▼La Novia, que ha estado pendiente del acoso de Leonardo, confunde al Novio con aquél.

NOVIO.—¿Y qué? Ya es sagrado.
NOVIA.—Sí, pero déjame... Luego.
NOVIO.—¿Qué tienes? ¡Estás como asustada!
NOVIA.—No tengo nada. No te vayas▼. *(Sale la* MUJER *de* LEONARDO.) 1310
MUJER.—No quiero interrumpir...
NOVIO.—Dime.
MUJER.—¿Pasó por aquí mi marido?
NOVIO.—No. 1315
MUJER.—Es que no le encuentro y el caballo no está tampoco en el establo▼▼.
NOVIO.—*(Alegre.)* Debe estar dándole una carrera. *(Se va la* MUJER, *inquieta. Sale la* CRIADA.)
CRIADA.—¿No andáis satisfechos de tanto saludo? 1320
NOVIO.—Ya estoy deseando que esto acabe. La novia está un poco cansada.
CRIADA.—¿Qué es eso, niña?
NOVIA.—¡Tengo como un golpe en las sienes! 1325
CRIADA.—Una novia de estos montes debe ser fuerte. *(Al* NOVIO.) Tú eres el único que la puedes curar, porque tuya es. *(Sale corriendo.)*
NOVIO.—*(Abrazándola.)* Vamos un rato al baile. *(La besa.)* 1330
NOVIA.—*(Angustiada.)* No. Quisiera echarme en la cama un poco.
NOVIO.—Yo te haré compañía.
NOVIA.—¡Nunca! ¿Con toda la gente aquí? ¿Qué dirían? Déjame sosegar un momento. 1335

▼La Novia se siente débil, indefensa. Su razón no puede dominar sus instintos.

▼▼La Mujer de Leonardo ha intuido el peligro y se mueve nerviosa. En medio de la animación de la fiesta es importante el seguimiento de esta inquietud paralela.

NOVIO.—¡Lo que quieras! ¡Pero no estés así por la noche!
NOVIA.—*(En la puerta.)* A la noche estaré mejor.
NOVIO.—¡Que es lo que yo quiero! *(Aparece la*
1340 MADRE.*)*
MADRE.—Hijo.
NOVIO.—¿Dónde anda usted?
MADRE.—En todo ese ruido. ¿Estás contento?
NOVIO.—Sí.
1345 MADRE.—¿Y tu mujer?
NOVIO.—Descansa un poco. ¡Mal día para las novias!
MADRE.—¿Mal día? El único bueno. Para mí fue como una herencia. *(Entra la* CRIADA *y se di-*
1350 *rige al cuarto de la* NOVIA.*)* Es la roturación de las tierras, la plantación de árboles nuevos ▾.
NOVIO.—¿Usted se va a ir?
MADRE.—Sí. Yo tengo que estar en mi casa.
NOVIO.—Sola.
1355 MADRE.—Sola, no. Que tengo la cabeza llena de cosas y de hombres y de luchas ▾▾.
NOVIO.—Pero luchas que ya no son luchas. *(Sale la* CRIADA *rápidamente; desaparece corriendo por el fondo.)*
1360 MADRE.—Mientras una vive, lucha.
NOVIO.—¡Siempre la obedezco!
MADRE.—Con tu mujer procura estar cariñoso, y si la notas infatuada[14] o arisca, hazle una caricia que le produzca un poco de daño, un

[14] Engreída, vanidosa.

▾La concepción de la boda por parte de la Madre va unida a la idea de sementera y de procreación.

▾▾En el pensamiento de la Madre se agolpan recuerdos y presentimientos.

abrazo fuerte, un mordisco y luego un beso suave. Que ella no pueda disgustarse, pero que sienta que tú eres el macho, el amo, el que manda. Así aprendí de tu padre. Y como no lo tienes, tengo que ser yo la que te enseñe estas fortalezas ▼. 1365 1370

NOVIO.—Yo siempre haré lo que usted mande.

PADRE.—*(Entrando.)* ¿Y mi hija?

NOVIO.—Está dentro.

MUCHACHA 1.ª—¡Vengan los novios, que vamos a bailar la rueda! 1375

MOZO 1.º—*(Al* NOVIO.*)* Tú la vas a dirigir ▼▼.

PADRE.—*(Saliendo.)* ¡Aquí no está!

NOVIO.—¿No?

PADRE.—Debe haber subido a la baranda.

NOVIO.—¡Voy a ver! *(Entra. Se oye algazara y guitarras.)* 1380

MUCHACHA 1.ª—¡Ya ha empezado! *(Sale.)*

NOVIO.—*(Saliendo.)* No está.

MADRE.—*(Inquieta.)* ¿No?

PADRE.—¿Y adónde puede haber ido? 1385

CRIADA.—*(Entrando.)* Y la niña, ¿dónde está?

MADRE.—*(Seria.)* No lo sabemos. *(Sale el* NOVIO. *Entran tres* INVITADOS.*)*

PADRE.—*(Dramático.)* Pero ¿no está en el baile?

CRIADA.—En el baile no está. 1390

PADRE.—*(Con arranque.)* Hay mucha gente. ¡Mirad!

▼La Madre transmite al hijo unos valores familiares y de tradición de los que se considera depositaria tras la muerte de su marido.

▼▼La animación de la fiesta se superpone a la intriga que se está viviendo en otro plano.

CRIADA.—¡Ya he mirado!

PADRE.—*(Trágico.)* ¿Pues dónde está?

1395 NOVIO.—*(Entrando.)* Nada. En ningún sitio.

MADRE.—*(Al* PADRE.) ¿Qué es esto? ¿Dónde está tu hija? *(Entra la* MUJER *de* LEONARDO.)

MUJER.—¡Han huido! ¡Han huido! Ella y Leonardo. En el caballo. Van abrazados, como una

1400 exhalación[15]▼.

PADRE.—¡No es verdad! ¡Mi hija, no!

MADRE.—¡Tu hija, sí! Planta de mala madre▼▼, y él, él también, él. Pero ¡ya es la mujer de mi hijo!

1405 NOVIO.—*(Entrando.)* ¡Vamos detrás! ¿Quién tiene un caballo?

MADRE.—¿Quién tiene un caballo ahora mismo, quién tiene un caballo? Que le daré todo lo que tengo, mis ojos y hasta mi lengua▼▼▼...

1410 VOZ.—Aquí hay uno.

MADRE.—*(Al Hijo.)* ¡Anda! ¡Detrás! *(Sale con dos mozos.)* No. No vayas. Esa gente mata pronto y bien...; pero ¡sí, corre, y yo detrás!

PADRE.—No será ella. Quizá se haya tirado al al-

1415 jibe[16].

MADRE.—Al agua se tiran las honradas, las limpias; ¡esa, no! Pero ya es mujer de mi hijo. Dos

[15] Rayo, centella.

[16] Depósito para el agua de lluvia, sobre todo.

▼La acción ha alcanzado un momento culminante. La agitación de los últimos momentos ha desembocado en esta huida que se venía anunciando.

▼▼La Madre había indagado la condición de la madre de la Novia. El tema del determinismo se airea una vez más.

▼▼▼Casi todos los críticos han recordado aquí un pasaje similar de *Ricardo III*, de Shakespeare: «¡Un caballo! ¡Un caballo! ¡Mi reino por un caballo!» (Véase A. de la Guardia, *García Lorca: persona y creación,* Buenos Aires, Schapire, 1961, página 341.)

bandos. Aquí hay ya dos bandos. *(Entran todos.)* Mi familia y la tuya. Salid todos de aquí. Limpiarse el polvo de los zapatos. Vamos a ayudar a mi hijo. *(La gente se separa en dos grupos.)* Porque tiene gente; que son sus primos del mar y todos los que llegan de tierra adentro. ¡Fuera de aquí! Por todos los caminos. Ha llegado otra vez la hora de la sangre. Dos bandos. Tú con el tuyo y yo con el mío. ¡Atrás! ¡Atrás▼!

1420

1425

Telón.

▼La Madre antepone el tema de la honra a todos sus temores y proyectos. La sangre adquiere una nueva dimensión, «sangre derramada», que se recordaba páginas atrás.

ACTO TERCERO

CUADRO PRIMERO

Bosque. Es de noche. Grandes troncos húmedos. Ambiente oscuro. Se oyen dos violines▼. Salen tres LEÑADORES▼▼.

LEÑADOR 1.º—¿Y los han encontrado?

LEÑADOR 2.º—No. Pero los buscan por todas partes. 1430

▼El espacio que ahora se ofrece al espectador nada tiene que ver con la realidad. Se trata de un bosque con «troncos húmedos», ajeno al secano. Es el lugar del sacrificio. La música de los violines pertenece a ese mundo onírico (de los sueños) y sobrenatural.

▼▼Los leñadores actúan como un coro de tragedia griega: comentan la acción e informan al espectador.

LEÑADOR 3.º—Ya darán con ellos.
LEÑADOR 2.º—¡Chissss!
LEÑADOR 3.º—¿Qué?
1435 LEÑADOR 2.º—Parece que se acercan por todos los caminos a la vez.
LEÑADOR 1.º—Cuando salga la luna los verán▼.
LEÑADOR 2.º—Debían dejarlos.
LEÑADOR 1.º—El mundo es grande. Todos pue-
1440 den vivir en él.
LEÑADOR 3.º—Pero los matarán.
LEÑADOR 2.º—Hay que seguir la inclinación: han hecho bien en huir.
LEÑADOR 1.º—Se estaban engañando uno a otro
1445 y al fin la sangre pudo más.
LEÑADOR 3.º—¡La sangre!
LEÑADOR 1.º—Hay que seguir el camino de la sangre▼▼.
LEÑADOR 2.º—Pero la sangre que ve la luz se la
1450 bebe la tierra.
LEÑADOR 1.º—¿Y qué? Vale más ser muerto desangrado que vivo con ella podrida.
LEÑADOR 3.º—Callar▼▼▼.
LEÑADOR 1.º—¿Qué? ¿Oyes algo?
1455 LEÑADOR 3.º—Oigo los grillos, las ranas, el acecho de la noche.
LEÑADOR 1.º—Pero el caballo no se siente.
LEÑADOR 3.º—No.
LEÑADOR 1.º—Ahora la estará queriendo.
1460 LEÑADOR 2.º—El cuerpo de ella era para él y el cuerpo de él para ella.

▼La presencia de la Luna, tan cargada de simbolismo, supone la culminación de todos los augurios y premoniciones.

▼▼La sangre, otro de los grandes motivos de la obra lorquiana, aparece aquí definida como fuerza sexual.

▼▼▼El empleo del infinitivo por el imperativo pertenece al lenguaje popular.

LEÑADOR 3.º—Los buscan y los matarán.

LEÑADOR 1.º—Pero ya habrán mezclado sus sangres y serán como dos cántaros vacíos, como dos arroyos secos. 1465

LEÑADOR 2.º—Hay muchas nubes y será fácil que la luna no salga.

LEÑADOR 3.º—El novio los encontrará con luna o sin luna. Yo lo vi salir. Como una estrella furiosa. La cara color ceniza. Expresaba el sino 1470 de su casta[1] ▼.

[1] Generación, linaje.

LEÑADOR 1.º—Su casta de muertos en mitad de la calle.

LEÑADOR 2.º—¡Eso es!

LEÑADOR 3.º—¿Crees que ellos lograrán romper 1475 el cerco?

LEÑADOR 2.º—Es difícil. Hay cuchillos y escopetas a diez leguas a la redonda.

LEÑADOR 3.º—El lleva buen caballo.

LEÑADOR 2.º—Pero lleva una mujer. 1480

LEÑADOR 1.º—Ya estamos cerca.

LEÑADOR 2.º—Un árbol de cuarenta ramas. Lo cortaremos pronto.

LEÑADOR 3.º—Ahora sale la luna. Vamos a darnos prisa. *(Por la izquierda surge una claridad.)* 1485

LEÑADOR 1.º:

¡Ay luna que sales ▼▼!
Luna de las hojas grandes.

LEÑADOR 2.º: 1490

¡Llena de jazmines la sangre!

▼Como en las tragedias griegas, el destino guía las acciones de los hombres. En este caso la influencia del sino se hace extensiva a toda la estirpe.

▼▼El coro de leñadores invoca a la luna como si fuera una divinidad. Nueva presencia de imágenes florales propias de una sociedad campesina.

LEÑADOR 1.º:
¡Ay luna sola!
¡Luna de las verdes hojas!
1495 LEÑADOR 2.º:
Plata en la cara de la novia.
LEÑADOR 3.º:
¡Ay luna mala!
Deja para el amor la oscura rama.
1500 LEÑADOR 1.º:
¡Ay triste luna!
¡Deja para el amor la rama oscura!

(Salen. Por la claridad de la izquierda aparece la LUNA. *La* LUNA *es un leñador joven, con la cara blanca. La escena adquiere un vivo resplandor azul.)*

LUNA:
Cisne redondo en el río,
ojo de las catedrales▼,
1510 alba fingida en las hojas
soy; ¡no podrán escaparse!
¿Quién se oculta? ¿Quién solloza
por la maleza del valle?
La luna deja un cuchillo
1515 abandonado en el aire,
que siendo acecho de plomo
quiere ser dolor de sangre.
¡Dejadme entrar! ¡Vengo helada
por paredes y cristales!
1520 ¡Abrid tejados y pechos
donde pueda calentarme!

▼Obsérvese la riqueza del lenguaje figurado. Desde el principio, la metáfora se adueña del verso.

¡Tengo frío! Mis cenizas
de soñolientos metales
buscan la cresta del fuego
1525 por los montes y las calles.
Pero me lleva la nieve
sobre su espalda de jaspe[2],
y me anega[3], dura y fría,
el agua de los estanques.
1530 Pues esta noche tendrán
mis mejillas roja sangre,
y los juncos agrupados
en los anchos pies del aire.
¡No haya sombra ni emboscada,
1535 que no puedan escaparse!
¡Que quiero entrar en un pecho
para poder calentarme▼!
¡Un corazón para mí!
¡Caliente!, que se derrame
1540 por los montes de mi pecho;
dejadme entrar, ¡ay, dejadme!
(A las ramas.)
No quiero sombras. Mis rayos
han de entrar en todas partes,
1545 y haya en los troncos oscuros
un rumor de claridades,
para que esta noche tengan
mis mejillas dulce sangre,
y los juncos agrupados
1550 en los anchos pies del aire.
¿Quién se oculta? ¡Afuera digo!
¡No! ¡No podrán escaparse!

[2] Piedra fina y coloreada.

[3] Inunda.

▼La Luna procede de las regiones frías de la muerte y busca el calor de la sangre de los jóvenes. (Véase Gustavo Correa, *La poesía mítica de Federico García Lorca,* Gredos, Madrid, 1975, págs. 99-100.)

Yo haré lucir al caballo
una fiebre de diamante ▼.

(Desaparece entre los troncos y vuelve la escena a su luz oscura. Sale una MENDIGA *totalmente cubierta por tenues paños verdeoscuros. Lleva los pies descalzos. Apenas si se le verá el rostro entre los pliegues. Este personaje no figura en el reparto.)* 1555–1560

MENDIGA ▼▼:
Esa luna se va, y ellos se acercan.
De aquí no pasan. El rumor del río
apagará con el rumor de troncos
el desgarrado vuelo de los gritos. 1565
Aquí ha de ser, y pronto. Estoy cansada.
Abren los cofres, y los blancos hilos
aguardan por el suelo de la alcoba[4]
cuerpos pesados con el cuello herido.
No se despierte un pájaro y la brisa, 1570
recogiendo en su falda los gemidos,
huya con ellos por las negras copas
o los entierre por el blanco limo[5] ▼▼▼.
¡Esa luna, esa luna!

(Impaciente.) 1575

¡Esa luna, esa luna!

(Aparece la LUNA. *Vuelve la luz intensa.)*

[4] Aposento para dormir.

[5] Lodo, barro blando.

▼El parlamento de la Luna recuerda algunos de los momentos más intensos del *Romancero gitano*. Todos los presentimientos de muerte que se han insinuado a lo largo de la obra confluyen en este soliloquio de la Luna.

▼▼La Muerte se presenta como una Mendiga. El ambiente fantástico y sobrenatural propicia estas apariciones de fuerte sabor calderoniano.

▼▼▼Lorca pasa del verso octosílabo al endecasílabo. Seguidamente, conforme aumenta la solemnidad del momento, el poeta utilizará el verso alejandrino.

LUNA:

Ya se acercan.

Unos por la cañada[6] y otros por el río.

1580 Voy a alumbrar las piedras. ¿Qué necesitas?

MENDIGA:

Nada.

LUNA:

El aire va llegando duro, con doble filo.

1585 MENDIGA:

Ilumina el chaleco y aparta los botones,
que después las navajas ya saben el camino.

LUNA:

Pero que tarden mucho en morir. Que la
1590 [sangre
me ponga entre los dedos su delicado silbo.
¡Mira que ya mis valles de ceniza despiertan
en ansia de esta fuente de chorro estreme-
[cido!

1595 MENDIGA:

No dejemos que pasen el arroyo. ¡Silencio!

LUNA:

¡Allí vienen!

(Se va. Queda la escena a oscuras.)

1600 MENDIGA:

¡De prisa! Mucha luz. ¿Me has oído?
¡No pueden escaparse!

(Entran el NOVIO *y* MOZO 1.º *La* MENDIGA *se sienta y se tapa con el manto.)*

1605 NOVIO.—Por aquí.

MOZO 1.º—No los encontrarás.

NOVIO.—*(Enérgico.)* ¡Sí los encontraré!

MOZO 1.º—Creo que se han ido por otra vereda[7].

NOVIO.—No. Yo sentí hace un momento el ga-
1610 lope.

MOZO 1.º—Sería otro caballo.

[6] Camino para los ganados.

[7] Camino estrecho.

NOVIO.—*(Dramático.)* Oye. No hay más que un caballo en el mundo, y es éste. ¿Te has enterado? Si me sigues, sígueme sin hablar.

MOZO 1.º—Es que yo quisiera... 1615

NOVIO.—Calla. Estoy seguro de encontrármelos aquí. ¿Ves este brazo? Pues no es mi brazo. Es el brazo de mi hermano y el de mi padre y el de toda mi familia que está muerta. Y tiene tanto poderío, que puede arrancar este árbol 1620 de raíz si quiere. Y vamos pronto, que siento los dientes de todos los míos clavados aquí de una manera que se me hace imposible respirar tranquilo▼.

MENDIGA.—*(Quejándose.)* ¡Ay! 1625

MOZO 1.º—¿Has oído?

NOVIO.—Vete por ahí y da la vuelta.

MOZO 1.º—Esto es una caza.

NOVIO.—Una caza. La más grande que se puede hacer. *(Se va el* MOZO. *El* NOVIO *se dirige rá-* 1630 *pidamente hacia la izquierda y tropieza con la* MENDIGA, *la Muerte.)*

MENDIGA.—¡Ay!

NOVIO.—¿Qué quieres?

MENDIGA.—Tengo frío. 1635

NOVIO.—¿Adónde te diriges?

MENDIGA.—*(Siempre quejándose como una mendiga.)* Allá lejos...

NOVIO.—¿De dónde vienes?

MENDIGA.—De allí..., de muy lejos. 1640

NOVIO.—¿Viste un hombre y una mujer que corrían montados en un caballo?

MENDIGA.—*(Despertándose.)* Espera... *(Lo mira.)*

▼El Novio se ha convertido en brazo ejecutor de la venganza familiar. El honor mancillado logró desatar este contenido deseo de la Madre.

hermoso galán. *(Se levanta.)* Pero mucho más
1645 hermoso si estuviera dormido.

NOVIO.—Dime, contesta, ¿los viste?

MENDIGA.—Espera... ¡Qué espaldas más anchas! ¿Cómo no te gusta estar tendido sobre ellas y no andar sobre las plantas de los pies, que son
1650 tan chicas▼?

NOVIO.—*(Zamarreándola[8].)* ¡Te digo si los viste! ¿Han pasado por aquí?

[8] Sacudir violentamente a una persona.

MENDIGA.—*(Enérgica.)* No han pasado; pero están saliendo de la colina. ¿No los oyes?

1655 NOVIO.—No.

MENDIGA.—¿Tú no conoces el camino?

NOVIO.—¡Iré, sea como sea!

MENDIGA.—Te acompañaré. Conozco esta tierra.

NOVIO.—*(Impaciente.)* ¡Pues vamos! ¿Por dón-
1660 de?

MENDIGA.—*(Dramática.)* ¡Por allí! *(Salen rápidos. Se oyen lejanos dos violines que expresan el bosque. Vuelven los* LEÑADORES. *Llevan las hachas al hombro. Pasan lentos entre los tron-*
1665 *cos.)*

LEÑADOR 1.º:

¡Ay muerte que sales!
Muerte de las hojas grandes.

LEÑADOR 2.º:

1670 ¡No abras el chorro de la sangre!

LEÑADOR 1.º:

¡Ay muerte sola!
Muerte de las secas hojas.

LEÑADOR 3.º:

1675 ¡No cubras de flores la boda!

▼La Muerte utiliza sus artes para conducir al Novio hasta el desastre final. El autor recurre al tópico de la «muerte enamorada».

LEÑADOR 2.º:
¡Ay triste muerte!
Deja para el amor la rama verde.
LEÑADOR 1.º:
¡Ay muerte mala! 1680
¡Deja para el amor la verde rama▼!

(Van saliendo mientras hablan. Aparecen LEONARDO *y la* NOVIA.)

LEONARDO:
¡Calla! 1685
NOVIA:
Desde aquí yo me iré sola.
¡Vete! ¡Quiero que te vuelvas!
LEONARDO:
¡Calla, digo! 1690
NOVIA:
Con los dientes,
con las manos, como puedas,
quita de mi cuello honrado
el metal de esta cadena, 1695
dejándome arrinconada
allá en mi casa de tierra.
Y si no quieres matarme
como a víbora pequeña,
pon en mis manos de novia 1700
el cañón de la escopeta.
¡Ay, qué lamento, qué fuego
me sube por la cabeza!
¡Qué vidrios se me clavan en la lengua!

▼El coro de leñadores invoca ahora a la Muerte en demanda de clemencia. Compárense estos versos con los de la anterior invocación a la Luna y nótese la relación entre ambos personajes.

1705 LEONARDO:
Ya dimos el paso; ¡calla▼!,
porque nos persiguen cerca
y te he de llevar conmigo.
NOVIA:
1710 ¡Pero ha de ser a la fuerza!
LEONARDO:
¿A la fuerza? ¿Quién bajó
primero las escaleras?
NOVIA:
1715 Yo las bajé.
LEONARDO:
¿Quién le puso
al caballo bridas[9] nuevas?
NOVIA:
1720 Yo misma. Verdad.
LEONARDO:
¿Y qué manos
me calzaron las espuelas?
NOVIA:
1725 Estas manos que son tuyas,
pero que al verte quisieran
quebrar las ramas azules
y el murmullo de tus venas.
¡Te quiero! ¡Te quiero! ¡Aparta!
1730 Que si matarte pudiera,
te pondría una mortaja
con los filos de violetas.
¡Ay, qué lamento, qué fuego
me sube por la cabeza!
1735 LEONARDO:
¡Qué vidrios se me clavan en la lengua!

[9] Freno del caballo, con riendas y correaje.

▼Los amantes se acercan al momento culminante del sacrificio. La fatalidad los ha arrastrado hasta aquí.

Porque yo quise olvidar
y puse un muro de piedra
entre tu casa y la mía.
Es verdad. ¿No lo recuerdas? 1740
Y cuando te vi de lejos
me eché en los ojos arena.
Pero montaba a caballo
y el caballo iba a tu puerta.
Con alfileres de plata 1745
mi sangre se puso negra,
y el sueño me fue llenando
las carnes de mala hierba.
Que yo no tengo la culpa,
que la culpa es de la tierra 1750
y de ese olor que te sale
de los pechos y las trenzas.

NOVIA:

¡Ay qué sinrazón! No quiero
contigo cama ni cena, 1755
y no hay minuto del día
que estar contigo no quiera,
porque me arrastras y voy,
y me dices que me vuelva
y te sigo por el aire 1760
como una brizna de hierba.
He dejado a un hombre duro
y a toda su descendencia
en la mitad de la boda
y con la corona puesta. 1765
Para ti será el castigo
y no quiero que lo sea.
¡Déjame sola! ¡Huye tú!
No hay nadie que te defienda.

LEONARDO: 1770

Pájaros de la mañana
por los árboles se quiebran.

La noche se está muriendo
en el filo de la piedra.
Vamos al rincón oscuro, 1775
donde yo siempre te quiera,
que no me importa la gente,
ni el veneno que nos echa.
(La abraza fuertemente.)

NOVIA: 1780
Y yo dormiré a tus pies
para guardar lo que sueñas.
Desnuda, mirando al campo,
(Dramática.)
como si fuera una perra, 1785
¡porque eso soy! Que te miro
y tu hermosura me quema▼.

LEONARDO:
Se abrasa lumbre con lumbre.
La misma llama pequeña 1790
mata dos espigas juntas.
¡Vamos!
(La arrastra.)

NOVIA:
¿Adónde me llevas? 1795

LEONARDO:
A donde no puedan ir
estos hombres que nos cercan.
¡Donde yo pueda mirarte!

NOVIA: *(Sarcástica.)* 1800
Llévame de feria en feria,
dolor de mujer honrada,
a que las gentes me vean
con las sábanas de boda
al aire, como banderas. 1805

▼El fuego es utilizado como símbolo amoroso.

COMENTARIO 5 (líneas 1735 a 1792)

- *¿Cuál es el tema de estos versos?*

- *En las palabras de los personajes se observan extrañas contradicciones. Explícalas.*

- *Analiza el significado de los versos siguientes: «La misma llama pequeña / mata dos espigas juntas».*

- *En el texto abundan las metáforas e imágenes. Señala cuatro, al menos, y explica su significado.*

- *Habrás detectado aquí algunos de los símbolos que se repiten a lo largo de la obra. Coméntalos.*

- *¿En qué versos se expresa la fidelidad de la Novia a Leonardo?*

- *¿Qué clase de versos se utilizan en este pasaje? ¿Qué estrofa forman?*

- *¿Qué versos riman? ¿Cómo es esta rima?*

- *Localiza los adjetivos calificativos del texto y comenta su posición y valores.*

LEONARDO:
También yo quiero dejarte[▼]
si pienso como se piensa.
Pero voy donde tú vas.
Tú también. Da un paso. Prueba. 1810
Clavos de luna nos funden
mi cintura y tus caderas[▼▼].
(Toda esta escena es violenta, llena de gran sensualidad.)
NOVIA: 1815
¿Oyes?
LEONARDO:
Viene gente.
NOVIA:
¡Huye! 1820
Es justo que yo aquí muera
con los pies dentro del agua,
espinas en la cabeza.
Y que me lloren las hojas,
mujer perdida y doncella. 1825
LEONARDO:
Cállate. Ya suben.
NOVIA:
¡Vete!
LEONARDO: 1830
Silencio. Que no nos sientan.
Tú delante. ¡Vamos, digo!
(Vacila la NOVIA.)

[▼]Los amantes son conscientes de la irracionalidad de su acto; pero no pueden sustraerse a las fuerzas superiores que actúan sobre ellos.

[▼▼]Leonardo percibe la intensidad irresistible que une a los dos fugitivos: fuerza sexual desencadenada por la Luna que preside los ciclos de la fertilidad de la Naturaleza.

NOVIA:

1835 ¡Los dos juntos!

LEONARDO: *(Abrazándola.)*

¡Como quieras!

Si nos separan, será

porque esté muerto.

1840 NOVIA:

Y yo muerta.

(Salen abrazados. Aparece la LUNA *muy despacio. La escena adquiere una fuerte luz azul. Se oyen dos violines. Bruscamente se*

1845 *oyen dos largos gritos desgarrados y se corta la música de los violines. Al segundo grito aparece la* MENDIGA *y queda de espaldas. Abre el manto y queda en el centro, como un gran pájaro de alas inmensas. La*

1850 LUNA *se detiene. El telón baja en medio de un silencio absoluto▼.)*

Telón.

▼La Muerte se apodera majestuosamente de la escena. La Luna y la Muerte han presidido, en el momento del clímax, la liturgia del sacrificio.

CUADRO ÚLTIMO

Habitación blanca con arcos y gruesos muros. A la derecha y a la izquierda, escaleras blancas. Gran arco al fondo y pared del mismo color. El suelo será también de un blanco reluciente. Esta habitación simple tendrá un sentido monumental de iglesia. No habrá ni un gris, ni una sombra, ni siquiera lo preciso para la perspectiva▼. Dos MUCHACHAS vestidas de azul oscuro están devanando una madeja roja.

MUCHACHA 1.ª:
Madeja, madeja,
¿qué quieres hacer▼▼? 1855
MUCHACHA 2.ª:
Jazmín de vestido,
cristal de papel.
Nacer a las cuatro,
morir a las diez▼▼▼. 1860
Ser hilo de lana,
cadena a tus pies
y nudo que apriete
amargo laurel.
NIÑA: *(Cantando.)* 1865
¿Fuiste a la boda?
MUCHACHA 1.ª:
No.

▼Nuevo cambio del decorado. Una atmósfera sepulcral invade el escenario. La blancura de la muerte se posa en suelo, paredes y escaleras.

▼▼Estas muchachas que devanan la madeja roja tienen valor simbólico. Representan a las Parcas, diosas romanas del destino. La madeja simboliza el hilo de la vida humana.

▼▼▼Los versos resaltan la puntualidad con que se cumplen los plazos de los hombres, decididos de forma caprichosa. El ritmo acentual recuerda el movimiento circular de la madeja que se devana.

NIÑA:
1870 ¡Tampoco fui yo!
¿Qué pasaría
por los tallos de la viña?
¿Qué pasaría
por el ramo de la oliva?
1875 ¿Qué pasó
que nadie volvió?
¿Fuiste a la boda?
MUCHACHA 2.ª:
Hemos dicho que no.
1880 NIÑA: *(Yéndose.)*
¡Tampoco fui yo!
MUCHACHA 2.ª:
Madeja, madeja,
¿qué quieres cantar?
1885 MUCHACHA 1.ª:
Heridas de cera,
dolor de arrayán[1].
Dormir la mañana,
de noche velar.
1890 NIÑA: *(En la puerta.)*
El hilo tropieza
con el pedernal[2].
Los montes azules
lo dejan pasar.
1895 Corre, corre, corre,
y al fin llegará
a poner cuchillo
y a quitar el pan.
(Se va.)
1900 MUCHACHA 2.ª:
Madeja, madeja,
¿qué quieres decir?
MUCHACHA 1.ª:
Amante sin habla.
1905 Novio carmesí[3].

[1] Arbusto de flores blancas y fragantes.

[2] Variedad de cuarzo.

[3] De color de grana.

Por la orilla muda
tendidos los vi ▼.
(Se detiene mirando la madeja.)

NIÑA: *(Asomándose a la puerta.)*
Corre, corre, corre, 1910
el hilo hasta aquí.
Cubiertos de barro
los siento venir.
¡Cuerpos estirados,
paños de marfil! 1915
(Se va. Aparecen la MUJER *y la* SUEGRA *de* LEONARDO. *Llegan angustiadas.)*

MUCHACHA 1.ª:
¿Vienen ya?

SUEGRA: *(Agria.)* 1920
No sabemos.

MUCHACHA 2.ª:
¿Qué contáis de la boda?

MUCHACHA 1.ª:
Dime. 1925

SUEGRA: *(Seca.)*
Nada.

MUJER:
Quiero volver para saberlo todo ▼▼.

SUEGRA: *(Enérgica.)* 1930
Tú, a tu casa.
Valiente y sola en tu casa.
A envejecer y a llorar.
Pero la puerta cerrada.
Nunca. Ni muerto ni vivo. 1935

▼De esta forma tan poética se da la noticia de la muerte de los dos rivales. Las muchachas y la niña cumplen la función de coro trágico.

▼▼ La Mujer y la Suegra muestran su agitación. Ellas ignoran aún el final de los hombres, final que Lorca ya ha dado a conocer.

Clavaremos las ventanas.
Y vengan lluvias y noches
sobre las hierbas amargas.

MUJER:

1940 ¿Qué habrá pasado?

SUEGRA:

No importa.
Échate un velo en la cara.
Tus hijos son hijos tuyos
1945 nada más. Sobre la cama
pon una cruz de ceniza
donde estuvo su almohada▼.

(Salen.)

MENDIGA: *(A la puerta.)*

1950 Un pedazo de pan, muchachas.

NIÑA:

¡Vete!

(Las MUCHACHAS *se agrupan.)*

MENDIGA:

1955 ¿Por qué?

NIÑA:

Porque tú gimes: vete.

MUCHACHA 1.ª:

¡Niña!

1960 MENDIGA:

¡Pude pedir tus ojos! Una nube
de pájaros me sigue; ¿quieres uno?

NIÑA:

¡Yo me quiero marchar!

1965 MUCHACHA 2.ª: *(A la* MENDIGA.*)*

¡No le hagas caso!

▼Con estas palabras terribles y hermosas anuncia la Suegra a su hija la vida que le espera, según la costumbre. La Suegra se sitúa en la línea de las mujeres fuertes, como la Madre o la Bernarda de *La casa de Bernarda Alba*.

MUCHACHA 1.ª:
¿Vienes por el camino del arroyo?
MENDIGA:
1970 Por allí vine.
MUCHACHA 1.ª: *(Tímida.)*
¿Puedo preguntarte?
MENDIGA:
Yo los vi; pronto llegan: dos torrentes
1975 quietos al fin entre las piedras grandes,
dos hombres en las patas del caballo▼.
Muertos en la hermosura de la noche.

(Con delectación.)

Muertos, sí, muertos.
1980 MUCHACHA 1.ª:
¡Calla, vieja, calla!
MENDIGA:
Flores rotas los ojos, y sus dientes
dos puñados de nieve endurecida.
1985 Los dos cayeron, y la novia vuelve
teñida en sangre falda y cabellera.
Cubiertos con dos mantas ellos vienen
sobre los hombros de los mozos altos.
Así fue; nada más. Era lo justo.
1990 Sobre la flor del oro, sucia arena▼▼.

(Se va. Las MUCHACHAS *inclinan las cabezas y rítmicamente van saliendo.)*

MUCHACHA 1.ª—Sucia arena.
MUCHACHA 2.ª—Sobre la flor del oro.

▼La referencia a las patas del caballo nos recuerda las premoniciones de la *nana* del primer acto.

▼▼Los versos de la Mendiga confirman la muerte de los dos jóvenes. Ritmo solemne, funeral.

NIÑA: 1995

Sobre la flor del oro
traen a los muertos del arroyo.
Morenito el uno,
morenito el otro.
¡Qué ruiseñor de sombra vuela y gime 2000
sobre la flor del oro!

(Se va. Queda la escena sola. Aparece la MADRE *con una* VECINA. *La* VECINA *viene llorando.)*

MADRE.—Calla. 2005

VECINA.—No puedo.

MADRE.—Calla, he dicho. *(En la puerta.)* ¿No hay nadie aquí? *(Se lleva las manos a la frente.)* Debía contestarme mi hijo. Pero mi hijo es ya un brazado de flores secas. Mi hijo es ya 2010 una voz oscura detrás de los montes. *(Con rabia, a la* VECINA.) ¿Te quieres callar? No quiero llantos en esta casa. Vuestras lágrimas son lágrimas de los ojos nada más, y las mías vendrán cuando yo esté sola, de las plantas de mis 2015 pies, de mis raíces, y serán más ardientes que la sangre▼.

VECINA.—Vente a mi casa; no te quedes aquí.

MADRE.—Aquí. Aquí quiero estar. Y tranquila. Ya todos están muertos. A medianoche dormiré, 2020 dormiré sin que ya me aterren la escopeta o el cuchillo. Otras madres se asomarán a las ventanas, azotadas por la lluvia, para ver el rostro de sus hijos. Yo, no. Yo haré con mi sueño una fría paloma de marfil que lleve camelias[4] 2025 de escarcha sobre el camposanto. Pero no; cam-

[4] Flor de un arbusto rosáceo de origen oriental.

▼La Madre reprime su dolor. Es una mujer de gran entereza trágica. Su réplica más exacta la encontraremos en la protagonista de *La casa de Bernarda Alba*.

posanto, no, camposanto, no; lecho de tierra, cama que los cobija y que los mece por el cielo. *(Entra una* MUJER *de negro que se dirige*
2030 *a la derecha y allí se arrodilla. A la* VECINA.) Quítate las manos de la cara. Hemos de pasar días terribles. No quiero ver a nadie. La tierra y yo. Mi llanto y yo. Y estas cuatro paredes. ¡Ay! ¡Ay! *(Se sienta transida▼.)*

2035 VECINA.—Ten caridad de ti misma.

MADRE.—*(Echándose el pelo hacia atrás.)* He de estar serena. *(Se sienta.)* Porque vendrán las vecinas y no quiero que me vean tan pobre. ¡Tan pobre! Una mujer que no tiene un hijo siquie-
2040 ra que poderse llevar a los labios.

VECINA.—*(Viendo a la* NOVIA, *con rabia.)* ¿Dónde vas?

NOVIA.—Aquí vengo.

MADRE.—*(A la* VECINA.) ¿Quién es?

2045 VECINA.—¿No la reconoces?

MADRE.—Por eso pregunto quién es. Porque tengo que reconocerla, para no clavarle mis dientes en el cuello. ¡Víbora! *(Se dirige hacia la* NOVIA *con ademán fulminante; se detiene. A la*
2050 VECINA.) ¿La ves? Está ahí, y está llorando, y yo quieta, sin arrancarle los ojos. No me entiendo. ¿Será que yo no quería a mi hijo? Pero ¿y su honra? ¿Dónde está su honra? *(Golpea a la* NOVIA. *Ésta cae al suelo▼▼.)*

2055 VECINA.—¡Por Dios! *(Trata de separarlas.)*

▼La Madre se identifica con la tierra. Seca y estéril como la tierra que habita. Las fuerzas telúricas (que se refieren al planeta Tierra) mantienen aún su aliento ante tanta desolación.

▼▼El tema de la honra, uno de los motivos que ha precipitado la tragedia, proviene del teatro clásico español.

NOVIA.—*(A la* VECINA.) Déjala; he venido para que me mate y que me lleven con ellos. *(A la* MADRE.) Pero no con las manos; con garfios de alambre, con una hoz, y con fuerza, hasta que se rompa en mis huesos. ¡Déjala! Que quiero que sepa que yo soy limpia, que estaré loca, pero que me pueden enterrar sin que ningún hombre se haya mirado en la blancura de mis pechos. 2060 2065

MADRE.—Calla, calla; ¿qué me importa eso a mí▼? 2070

NOVIA.—¡Porque yo me fui con el otro, me fui! *(Con angustia.)* Tú también te hubieras ido. Yo era una mujer quemada, llena de llagas por dentro y por fuera, y tu hijo era un poquito de agua de la que yo esperaba hijos, tierra, salud; pero el otro era un río oscuro, lleno de ramas, que acercaba a mí el rumor de sus juncos y su cantar entre dientes. Y yo corría con tu hijo, que era como un niñito de agua fría, y el otro me mandaba cientos de pájaros▼▼ que me impedían el andar y que dejaban escarcha sobre mis heridas de pobre mujer marchita, de muchacha acariciada por el fuego. Yo no quería, ¡óyelo bien!; yo no quería. ¡Tu hijo era mi fin y yo no lo he engañado, pero el brazo del otro me arrastró como un golpe de mar, como la cabezada de un mulo, y me hubiera arrastrado siempre, siempre, siempre, aunque hubiera 2075 2080 2085

▼La Novia pregona su virginidad; pero esto ya no interesa a la Madre, que, tras la muerte del hijo, ve frustrados sus deseos de prolongación de la estirpe.

▼▼Valor simbólico del agua, que significa fecundidad, y de otros elementos, como los juncos, de claras connotaciones sexuales, o los pájaros.

sido vieja y todos los hijos de tu hijo me hu-
2090 biesen agarrado de los cabellos▼! *(Entra una* VECINA.)

MADRE.—Ella no tiene la culpa, ¡ni yo! *(Sarcástica.)* ¿Quién la tiene, pues? ¡Floja, delicada, mujer de mal dormir es quien tira una corona
2095 de azahar para buscar un pedazo de cama calentado por otra mujer!

NOVIA.—¡Calla, calla! Véngate de mí; ¡aquí estoy! Mira que mi cuello es blando; te costará menos trabajo que segar una dalia de tu huer-
2100 to. Pero ¡eso no! Honrada, honrada como una niña recién nacida. Y fuerte para demostrártelo. Enciende la lumbre. Vamos a meter las manos; tú, por tu hijo; yo, por mi cuerpo. Las retirarás antes tú. *(Entra otra* VECINA.)

2105 MADRE.—Pero ¿qué me importa a mí tu honradez? ¿Qué me importa tu muerte? ¿Qué me importa a mí nada de nada? Benditos sean los trigos, porque mis hijos están debajo de ellos; bendita sea la lluvia, porque moja la cara de
2110 los muertos. Bendito sea Dios, que nos tiende juntos para descansar▼▼. *(Entra otra* VECINA.)

NOVIA.—Déjame llorar contigo.

MADRE.—Llora. Pero en la puerta. *(Entra la* NIÑA. *La* NOVIA *queda en la puerta. La* MA-
2115 DRE, *en el centro de la escena.)*

MUJER: *(Entrando y dirigiéndose a la izquierda.)*

Era hermoso jinete,
y ahora montón de nieve.

▼La Novia pone de relieve la intensidad de las fuerzas sobrenaturales que influían sobre ella.

▼▼Cada vez más, la Madre se siente compenetrada con la Naturaleza.

Corría ferias y montes
2120 y brazos de mujeres.
Ahora, musgo de noche
le corona la frente▼.

MADRE:
Girasol de tu madre,
2125 espejo de la tierra.
Que te pongan al pecho
cruz de amargas adelfas[5] ▼▼;
sábana que te cubra
de reluciente seda;
2130 y el agua forme un llanto
entre tus manos quietas.

[5] Arbusto de hojas semejantes a las del laurel y flores blancas, rosáceas o amarillas.

MUJER:
¡Ay, que cuatro muchachos
llegan con hombros cansados!

2135 NOVIA:
¡Ay, que cuatro galanes
traen a la muerte por el aire!

MADRE:
Vecinas.

2140 NIÑA: *(En la puerta.)*
Ya los traen.

MADRE:
Es lo mismo.
La cruz, la cruz.

▼El lamento que inician las mujeres es una especie de responsorio, un canto funeral entonado por el nuevo coro.

▼▼Las adelfas también tienen valor simbólico relacionado con la muerte. Esta idea ya aparece en el *Poema del cante jondo*.

MUJERES:

Dulces clavos, 2145
dulce cruz,
dulce nombre
de Jesús▼.

NOVIA:

Que la cruz ampare a muertos y vivos. 2150

MADRE:

Vecinas: con un cuchillo,
con un cuchillito,
en un día señalado, entre las dos y las tres,
se mataron los dos hombres del amor. 2155
Con un cuchillo,
con un cuchillito▼▼
que apenas cabe en la mano,
pero que penetra fino
por las carnes asombradas, 2160
y que se para en el sitio
donde tiembla enmarañada[6]
la oscura raíz del grito.

NOVIA:

Y esto es un cuchillo, 2165
un cuchillito
que apenas cabe en la mano;
pez sin escamas ni río,
para que un día señalado, entre las dos y
[las tres, 2170
con este cuchillo
se queden dos hombres duros
con los labios amarillos.

[6] Enredada.

▼En estos versos se recogen algunos de los conceptos religiosos de la Pasión de Jesucristo. La Madre recuerda la imagen de una «Mater dolorosa».

▼▼La repetición intensifica el símbolo del cuchillo como instrumento de sacrificio. Véase cómo el cierre de la obra enlaza esta idea con las premoniciones de la Madre al comienzo del acto I.

MADRE:

2175 Y apenas cabe en la mano,
pero que penetra frío
por las carnes asombradas
y allí se para, en el sitio
donde tiembla enmarañada
2180 la oscura raíz del grito▼.

(Las VECINAS, *arrodilladas en el suelo, lloran.)*

Telón.

FIN DE «BODAS DE SANGRE»

▼Algunos críticos han cuestionado la oportunidad de este final y opinan que la obra debió terminar antes de iniciarse el canto de las mujeres.

APÉNDICE

ESTUDIO DE LA OBRA

«Bodas de sangre» y el teatro de Lorca

Bodas de sangre es una de las obras más importantes de la producción teatral de Federico García Lorca. El estreno de esta pieza lo consagró definitivamente como trágico. Hasta entonces, sus obras teatrales no habían dado la medida exacta de su talla. *El maleficio de la mariposa* (1920) no tuvo éxito, y *Mariana Pineda,* de reminiscencias modernistas, tampoco significó un gran paso en su carrera dramática.

Las farsas para guiñol, a pesar de su indudable calidad, sólo fueron reconocidas como juegos graciosos. Las últimas farsas, *La zapatera prodigiosa* (1930) y *Amor de don Perlimplín con Belisa en su jardín* (1933), que ya no son guiñolescas, constituyen dos obras de extraordinaria valía.

Los ensayos de teatro surrealista —*El público* (1930) y *Así que pasen cinco años* (1931)— fueron obras consideradas por el propio autor como «irrepresentables».

Lorca triunfó en el teatro con *Bodas de sangre*. La obra, primeramente, fue leída a los amigos del poeta en casa de Carlos Morla Lynch, el 17 de septiembre de 1932. Su estreno tuvo lugar el 8 de marzo de 1933 en el Teatro Beatriz, de Madrid, y fue aclamada unánimemente. El propio García Lorca, que ya tenía su experiencia de *La Barraca,* dirigió la compañía de Josefina Díaz de Artigas.

Bodas de sangre es el primer título de una trilogía trágica sobre la tierra. El autor trataba de rescatar lo mítico de su Andalucía natal. La segunda obra fue *Yerma* (1934). La tercera no llegó a escribirse. Lorca había anunciado el posible título —*La destrucción de Sodoma*—, y había adelantado parte de la idea que tenía en su mente.

También compuso Federico dos dramas importantes: *Doña Rosita la soltera o el lenguaje de las flores,* estrenada en 1935, y *La casa de Bernarda Alba,* quizá su obra más intensa, en la línea del drama rural. Fue leída a sus amigos a finales de junio de 1936. La muerte truncó varios proyectos dramáticos que el poeta traía entre manos.

Génesis

Aunque, según parece, la obra fue escrita en muy pocos días —quizás ocho, o quince a lo más—, el proceso de maduración de la tragedia había durado varios años. Frecuentemente, Lorca utilizaba el mismo método de trabajo: tomaba el asunto de la realidad y lo iba pensando y rumiando durante largo tiempo. Luego, un buen día, se sentaba a la mesa y redactaba el texto de un tirón. La escritura, a veces, se realizaba en un período muy corto de tiempo. Naturalmente, el tema ya había sufrido la conveniente transformación por obra y gracia de la fantasía del poeta.

En este caso, la realidad ofreció los materiales al dramaturgo en forma de noticia periodística. Los principales diarios del país publicaron, a finales de julio de 1928, la información sobre un crimen cometido en un cortijo de Níjar (Almería). Una novia había huido a caballo con su antiguo amante la noche anterior a la boda. El hermano del novio burlado encontró a los fugitivos en el camino y mató a tiros al raptor. El suceso tardó varios días en esclarecerse y la prensa informó puntualmente de las novedades que iban produciéndose. El crimen de Níjar dio origen, incluso, a algunos romances.

Parece ser que Lorca se enteró de los hechos cuando hojeaba, en la Residencia de Estudiantes, el *ABC* del día 25 de julio de 1928 —el suceso había ocurrido el día 22—, y se sintió, de inmediato, atraído por el tema. En días sucesivos, Federico siguió la noticia contrastando diversos periódicos: *Heraldo de Madrid, ABC, El Defensor de Granada,* etc.

La idea quedó grabada en la mente del escritor. Durante cinco largos años el proyecto creció y maduró. La obra fue compuesta, probablemente, en el verano de 1932, mientras el poeta pasaba sus vacaciones en la Huerta de San Vicente, finca próxima a Granada. Metamorfoseada la realidad por la fantasía exuberante de Federico, sólo se conservan los detalles esenciales de aquella primera idea generatriz.

Antecedentes literarios

Aunque el asunto de la tragedia está tomado de la realidad, García Lorca utilizó diversas fuentes literarias en la construcción de su obra. La crítica ha descubierto abundantes influencias.

La presencia de Lope de Vega se deja sentir, sobre todo, en la escena del bosque del acto III, con la aparición de los leñadores y su conversación llena de presagios. Esta escena nos remite claramente al pasaje del bosque de *El caballero de Olmedo*. (Véanse volúmenes 7 y 17 de la Biblioteca Didáctica Anaya.) El epitalamio del acto II tiene que ver, asimismo, con las canciones de boda que el propio Lope introduce en sus piezas dramáticas: *Peribáñez y el Comendador de Ocaña,* etc.

La aparición en escena de seres misteriosos y espectros —como la muerte, etc.— es frecuente en el teatro de Calderón y en la tradición teatral española. No debemos olvidar que *La Barraca,* dirigida por Lorca, representaba piezas de nuestros autores clásicos.

El pasaje final del acto II, cuando la Madre pide un caballo, tiene que ver, como hemos señalado, con el drama *Ricardo III,* de Shakespeare. También en *El sueño de una noche de verano,* del dramaturgo inglés, tenemos ocasión de descubrir a la Luna disfrazada de leñador.

El ambiente mítico y dramático que envuelve a la obra lo encontramos ya en el *Romancero gitano*. Incluso muchos de los elementos simbólicos y poéticos proceden de su poesía anterior. Baste recordar la presencia de la Luna en su obra lírica *(Romance de la luna, luna,* etc.) o la atmósfera cargada de muerte del *Romance sonámbulo*. Especial relación encontramos entre una composición del *Poema del cante jondo,* titulada *Diá-*

logo del Amargo, y ciertos aspectos de *Bodas.* Por ejemplo, el canto final de la Madre de *Bodas de sangre* está tomado de la *Canción de la madre del Amargo.* Pero además, en el *Diálogo del Amargo* ya aparece la muerte como personaje. La muerte, representada por un jinete, ofrece el cuchillo de oro que acabará con la vida del Amargo.

A. de la Guardia, a quien seguimos en este punto, ha detectado también la influencia de Valle-Inclán. En una pieza del autor gallego, titulada *Tragedia de ensueño,* una abuela se lamenta de la muerte de sus hijos, y en otra, *El Embrujado,* un personaje, llamado don Pedro de Bolaños, se duele también de la muerte de un niño.

Sin embargo, la pieza que más claras referencias guarda con los planteamientos de *Bodas de sangre* es una obra dramática de John M. Synge titulada *Jinetes hacia el mar.* En este drama, una madre llora la pérdida en el mar de su esposo y de sus seis hijos. La obsesión de esta madre es el mar, como la de la Madre de *Bodas de sangre* son los cuchillos. El drama era conocido por Lorca, pues había sido traducido por sus amigos Zenobia Camprubí y Juan Ramón Jiménez.

Se han señalado otras influencias. Por ejemplo, la de *Peer Gynt,* de Ibsen, obra en la que es raptada una novia. También el estímulo, señalado por García-Posada, que supuso para la obra trágica de Lorca la producción dramática de Eduardo Marquina.

Finalmente, se ha subrayado la presencia de elementos del teatro griego en *Bodas de sangre.* Estos elementos son muy claros para algunos críticos: coros, destino, catástrofe, sentimiento de piedad en el espectador... Sin embargo, otros estudiosos opinan que no se debe exagerar tal influencia, ya que muchos de estos recursos proceden de la tradición andaluza.

Temas

Se ha hablado del tema del sino, la fatalidad, como asunto predominante de esta obra dramática. Unido a este tema iría el de la fuerza irresistible de la pasión sexual y el amor prohibido. Ciertamente, el destino y el determinismo biológico —tan presentes, por otra parte, en las convicciones del mundo campesino— atraviesan la obra como base medular de la trama.

Sin embargo, otros motivos se entrelazan y contemplan en distintos pasajes. Para analizar la temática de la tragedia hay que partir de la presencia de un doble plano en la obra. Por una parte, un plano real que arranca del suceso ocurrido en Níjar y del ámbito rural que se intenta plasmar. Por otra, un plano onírico, sobrenatural, que emerge en el primer cuadro del acto III y se adueña del escenario. Este segundo plano se ha venido insinuando a través de presentimientos y augurios.

La consideración de estos dos mundos, muy cohesionados entre sí, permite la confluencia de distintos temas. De la realidad reseca y ardiente de la tierra nace el odio de la madre hacia los Félix. Fruto, asimismo, de la realidad es la presencia de lo social, que Lorca fue resaltando más y más en su último teatro: las diferencias económicas que ponían barreras al amor y que habían impedido el matrimonio de la Novia y Leonardo. Los acuerdos matrimoniales se concebían como un trato u operación comercial. Detrás de todos estos aspectos se esconde el poderoso valor de la riqueza y el dinero.

Se evocan también los ritos tribales en la celebración del casamiento: ceremonias, bailes, insinuaciones, toda la plasticidad y el bullicio de la fiesta nupcial.

En un momento determinado irrumpe el tema del honor. El honor, tan presente en el teatro barroco, tan arraigado en el carácter español, incita a la Madre a lanzar al hijo hacia la muerte.

Aún podemos detenernos en otros temas. La fuerza torrencial de los instintos. O la contemplación de la sexualidad como impulso de fertilidad, como cauce para la continuidad de la descendencia. La influencia de fuerzas telúricas, procedentes del planeta Tierra, determinan el comportamiento de hombres y mujeres. La Madre se siente identificada con la Tierra. Su misión es facilitar la prolongación de la especie a través del hijo. El poder de la fecundación en lucha contra el secano. La sangre es vida que hay que conservar porque la sangre es para el hombre lo que el agua para la tierra. Sexualidad y fecundidad se aúnan y se relacionan con la siembra y la roturación de las tierras.

Personajes

Por lo general, en la obra teatral de García Lorca los personajes femeninos tienen mayor entidad dramática que los masculinos. Así ocurre efectivamente en *Bodas de sangre*. No sólo hay una mayor presencia de personajes femeninos, sino que éstos, con la excepción quizá de Leonardo, reproducen caracteres más vigorosos.

Cuatro son los personajes claves de la tragedia: la Madre, la Novia, Leonardo y el Novio. De todos ellos, seguramente es la Madre la que desempeña un papel más significativo. La Madre representa la fidelidad de la tierra. Es fuerte y constante, paciente ante la adversidad. Vive en comunión con sus muertos, ligada a ellos a través del recuerdo y de la llama incombustible del odio hacia la casta enemiga. Se vuelca en ternura con su hijo, pero las leyes sociales del pundonor la impulsan a entregarlo también a la muerte. En su afán de protección de la descendencia se siente identificada con la tierra. Hay que seguir manteniendo la vida a través de la especie, a través del hijo.

La Novia es víctima de un conflicto interior importante. Desea mantenerse dentro del equilibrio social del deber, seguir el cauce de las normas de la tradición. Pero el instinto puede más que la razón. Es un personaje eminentemente pasional.

Otro de los grandes agentes de la tragedia es Leonardo. Se trata del único personaje con nombre propio. Antagonista frente a la Madre. Él es el encargado de arruinar la última esperanza de la Madre. Personaje atormentado, sordo a la llamada del hogar y de la familia. La pasión y la fatalidad le arrastran ciegamente a la destrucción.

El papel del Novio está subordinado al de la Madre. Aunque muere, su función no es esencialmente trágica. Es una víctima «inmolada», destinada desde el principio al sacrificio. Su mansedumbre se convierte en vehemencia cuando, a instancias de la Madre, actúa en defensa de su honor. Frente a Leonardo, que es la pasión, el Novio representa el trabajo y la descendencia.

Los restantes personajes son de menor entidad. La Mujer personifica el amor, la lealtad y la resignación. La Suegra está en la línea de las mujeres fuertes lorquianas, como la Madre o como Bernarda en *La casa de Bernarda Alba*. El Suegro es el labrador ambicioso y fanfarrón, orgulloso de sí mismo.

Otros personajes funcionan como coro o representan lejanos mitos. Las personificaciones de la Muerte y la Luna cumplen un papel primordial en el conjunto de la tragedia. Atención especial merece la Criada, representante típica del mundo de la servidumbre, archivo de sabiduría popular y prototipo de fidelidad.

Estructura

La pieza teatral, en la que se mezclan prosa y verso, aparece dividida en tres actos y siete cuadros. El acto I consta de tres cuadros; el acto II, de dos; y dos cuadros más conforman el acto III.

Se trata de una obra cerrada. La acción se inicia en casa de la Madre y termina en el mismo lugar. Los temores que asaltan a la Madre en los primeros parlamentos, se cumplirán al final trágicamente. El último cuadro se cierra con el lamento de las mujeres por los hombres muertos.

El desarrollo de la acción ha sido llevado inteligentemente. En el acto I, el autor ha planteado los hechos desde tres espacios distintos: *a*) casa de la Madre; *b*) casa de Leonardo, y *c*) casa de la Novia. Los tres focos expositivos confluyen en el acto II en un lugar común: la casa de la Novia. Los dos cuadros del acto II presentan la situación en dos momentos distintos: antes del casamiento y después de él. En este acto II se ha planteado el nudo del conflicto. Cuando el telón cae, la máquina del desenlace se ha puesto en movimiento. Hasta aquí, el mundo reflejado ha sido esencialmente real. El autor había venido dejando caer, desde los primeros parlamentos, abundantes indicios que alertaban al espectador y marcaban el camino de los hechos.

En el acto III el mundo real desaparece y surge un mundo sobrenatural: el bosque simbólico con la presencia de los personajes alegóricos: Luna, Muerte, etc. Ha comenzado el desenlace. Tres coros distintos intervienen en este tercer acto. En el primer cuadro los leñadores comentan la acción e invocan a la divinidad. La Luna y la Muerte ofician el clímax de la tragedia. En el segundo cuadro aparecen otros dos coros: el de las muchachas y la niña, y el de las mujeres que entonan la elegía final. El poeta, en el último cuadro, nos ha devuelto a la realidad y al espacio del comienzo de la obra.

Se ha discutido la oportunidad del coro final. Para algunos críticos la obra debió terminar justamente antes de iniciarse el canto. Sin embargo, aunque parece que sufrió algunos retoques por parte del autor, el final está muy en la línea del teatro lorquiano. Tras la catástrofe, el sosiego vuelve al escenario. El ciclo se cierra con unos personajes inmersos en la desolación.

Simbolismo

Un fuerte simbolismo impregna esta obra de Lorca. Desde los colores, sugeridos continuamente por el poeta, hasta la personificación de ciertos elementos míticos, una floración de símbolos acompaña el desarrollo de la acción.

El cromatismo de la obra arranca del amarillo del primer cuadro, que sugiere quizá la plenitud de la cosecha y la maduración de las obsesiones de la Madre. El rosa de la vida que nace reviste las paredes de la casa de Leonardo. Las muchachas del acto III devanan una madeja roja como la sangre de los jóvenes que acaban de morir. El bosque se torna azul cuando la muerte invade la noche de los amantes y un blanco funerario se posa en la escena del cuadro final.

Hay simbolismo en ese caballo que cruza vertiginoso y sediento. Es la pasión desenfrenada del amante. El caballo es portador de la fatalidad. El bosque húmedo ofrece sus ramas para proteger a los fugitivos, pero es, al mismo tiempo, el lugar del sacrificio. Pasión y muerte confluyen en el bosque, a orillas del arroyo de la fertilidad imposible.

La Luna es un leñador: va a talar vidas jóvenes, y su acólito, la Muerte, anda vestida de verde oscuro. Los leñadores colaboran en la liturgia.

En la obra se menciona la sangre, símbolo de vida humana, y el agua que alimenta los campos y significa asimismo fecundidad. Pero el agua con ramas es amor oscuro, agua prohibida. Estos elementos se relacionan con la reproducción en todos los órdenes. Sin embargo, el gran símbolo de la fertilidad es la Luna, que preside la vida y la muerte. Ella es quien ordena los ciclos de la naturaleza.

El viejo mito de las Parcas, diosas del destino que hilan las vidas humanas, aparece sugerido en las muchachas del acto III. Ellas devanan el destino de los dos rivales.

A lo largo de la obra, distintas imágenes vegetales o florales salpican de belleza los diálogos y establecen la correlación entre la vida de los hombres y los ciclos de la naturaleza. Por eso, la Madre, tan afanosamente preocupada por la continuidad de la estirpe, mima con tanto esmero al hijo, simiente de nuevos árboles. Ella representa a la tierra y su función consiste en velar para que las cosechas se sigan produciendo.

Queda también el símbolo del cuchillo. Es el instrumento del sacrificio: algo muy pequeño, pero que produce una gran destrucción. La obra hay que examinarla a la luz de los grandes sucesos religiosos. Se trata de la inmolación de unos seres predestinados que se aniquilan en las últimas lindes de la fatalidad. Al final, la Novia, virgen, queda sumida, junto a la Madre, en el desamparo, simbólico también, de la cruz y las adelfas.

La lengua

García Lorca alterna en esta pieza la prosa y el verso. Progresivamente se ha ido despegando del verso modernista de sus primeras obras. Su último drama, *La casa de Bernarda Alba,* está ya escrito en prosa casi totalmente. En *Bodas de sangre* recoge las posibilidades del verso en determinadas situaciones.

Detrás de la aparente sobriedad y laconismo de los diálogos, encontramos un lenguaje muy trabajado. Se produce una auténtica búsqueda de la palabra. El autor ha seleccionado, muchas veces a partir del habla popular, pero sin utilizar dialectalismos ni ruralismos, expresiones y vocablos cargados de connotaciones. Cuando se trata de subrayar obsesiones —las de la Madre, por ejemplo— o cualquiera otra idea, utiliza la repetición o a la metáfora. En todo momento el lenguaje de la prosa, conciso, enérgico, aúna poesía y contundencia. Frecuentemente la frase nos sorprende con la originalidad de las imágenes.

En cuanto al verso, el autor ha recurrido a distintas fórmulas, según la ocasión o la carga dramática de cada escena. El verso ha sido elaborado con esmero, como si se tratase de composiciones puramente líricas. Aquí, el adorno y la armonía del ritmo se someten a la hondura del tema, pero no pierden un ápice de su belleza. Contenido y forma se acoplan en una función común, altamente dramática.

Lo más destacable, sin duda, es el tratamiento sumamente poético, que Lorca hace de los distintos pasajes dramáticos.

Otros efectos dramáticos

Desde un punto de vista teatral, *Bodas de sangre* es una de las obras más ricas de la literatura española del siglo XX. La constante acumulación de elementos contribuye a darnos un cuadro de gran intensidad. No sólo es el colorido, la plasticidad o la combinación de verso y prosa; sino la integración de ambientes, caracteres y pasiones en un paisaje definidor. Todo esto lo ha hecho Lorca a un ritmo desenfrenado, como si se tratara de una obra musical o una danza.

Se ha dicho que Federico escribió esta pieza dramática mientras escuchaba la música de Juan Sebastián Bach y los discos del «cantaor» flamenco Tomás Pavón. Hay, efectivamente, un fondo profundamente musical, que no se reduce a la presencia de las canciones o los violines del tercer acto.

Importancia especial tienen los decorados. El poeta aprovecha las distintas posibilidades del escenario para darnos una visión del ambiente andaluz en el que se desarrolla la tragedia. La luz juega asimismo un importante papel y el autor se encarga de resaltar su utilización en las acotaciones escénicas.

Hay que señalar también la importancia de las pausas sugeridas por el dramaturgo, así como el aprovechamiento de los finales de acto, tan perfectamente orquestados. O la forma sutil de dosificar el ritmo de la intriga.

Otro elemento importante de la tragedia es la presencia de los coros. Los coros, como en el teatro griego, comentan la acción. En ocasiones adelantan los sucesos que van a ocurrir. Otras veces informan al espectador de lo que ha sucedido fuera de la escena. O bien se lamentan e imploran a la divinidad.

La presencia del coro está muy localizada. Coro son el dúo Suegra-Mujer, los mozos, la criada... La función del coro, sin embargo, se hace más apremiante, más trágica, en el tercer acto, donde aparecen tres grupos en acción: los leñadores, las muchachas y, en los últimos versos, el binomio Madre/Novia, junto con las demás mujeres.

BIBLIOGRAFÍA

TEXTOS:

GARCÍA LORCA, Federico: *Obras completas,* Ed. Aguilar, Madrid, 1972[17].

Esta edición de las *Obras completas* incluye casi todos los escritos conocidos de García Lorca y recoge también conferencias, cartas, entrevistas, etc. Se trata de una obra indispensable para el estudio de la producción del poeta.

— *Teatro 1. Obras III,* ed. de Miguel García-Posada, Akal, Madrid, 1980.

Recoge la mayor parte de la obra dramática de Lorca. La edición va precedida de un clarificador estudio de M. García-Posada.

— *Bodas de sangre,* ed. de Mario Hernández, Ed. Alianza, Madrid, 1984.

El volumen comprende, además del texto de la tragedia, una introducción de M. Hernández y, al final, unos interesantes apéndices.

— *Bodas de sangre,* ed. de Allen Josephs y Juan Caballero, Ed. Cátedra, Madrid, 1985.

El texto va acompañado de abundantes notas a pie de página. Al comienzo de la obra figura un profundo estudio sobre la tragedia moderna, en general, y sobre *Bodas de sangre,* en particular.

ESTUDIOS:

ÁLVAREZ DE MIRANDA, Ángel: *La metáfora y el mito,* Ed. Taurus, Madrid, 1963.

Este estudio versa esencialmente sobre el tema de las relaciones entre «poesía y religión». Su contenido resulta de gran utilidad para entender el mundo poético de Lorca y muchos de los pasajes de *Bodas de sangre.*

CORREA, Gustavo: *La poesía mítica de Federico García Lorca,* Ed. Gredos, Madrid, 1975[2].

En el cap. III, titulado *Bodas de sangre,* G. Correa analiza los símbolos de esta obra dramática. También se detiene en el comentario de las partes versificadas.

EDWARDS, Gwynne: *El teatro de Federico García Lorca,* Ed. Gredos, Madrid, 1983.

Tras una breve introducción biográfica, el autor se ocupa de la obra dramática de Lorca. Sobre *Bodas de sangre* realiza un estudio amplio y sustancioso.

GARCÍA LORCA, Francisco: *Federico y su mundo,* Ed. Alianza, Madrid, 1980.

Este libro, escrito por alguien que siguió muy de cerca los avatares del poeta, su hermano Francisco, resulta muy interesante para conocer detalles importantes de la vida y la obra de nuestro autor.

GUARDIA, Alfredo de la: *García Lorca: persona y creación,* Ed. Schapire, Buenos Aires, 1961[4].

Amigo y contemporáneo de Lorca, A. de la Guardia realizó este estudio tempranamente. El capítulo dedicado a *Bodas de sangre* sirvió para abrir camino a posteriores investigaciones.

GIL, Ildefonso-Manuel: *Federico García Lorca (El escritor y la crítica),* Ed. Taurus, Madrid, 1980[3].

Se recogen en este tomo trabajos de distintos autores que han escrito sobre la obra de Lorca.

RILEY, Edward C.: «Sobre *Bodas de sangre*», en *Clavileño,* vol. II, número 7 (1951), págs. 8-12.

El autor resalta con claridad los principales aspectos de esta tragedia.

RUIZ RAMÓN, Francisco: *Historia del teatro español. Siglo XX,* Ed. Cátedra, Madrid, 1984[6].

Aunque la obra es un estudio general sobre el teatro del siglo XX, el autor presta gran atención, en el cap. 4, al teatro de García Lorca, y en particular al análisis de *Bodas de sangre.*

VALLS GUZMÁN, Fernando: «Ficción y realidad en la génesis de *Bodas de sangre*», en *Ínsula,* núms. 368-369, julio-agosto (1977), págs. 24 y 38.

El trabajo arranca del suceso de Níjar que inspiró la obra teatral. El autor compara la realidad objetiva con la reflejada en la tragedia.

TÍTULOS PUBLICADOS

1. *Lazarillo de Tormes,* anónimo.
2. *La vida es sueño,* Pedro Calderón de la Barca.
3. *Rimas y leyendas,* Gustavo Adolfo Bécquer.
4. *Cuentos,* Leopoldo Alas, «Clarín».
5. *Romancero,* varios.
6. *Rinconete y Cortadillo,* Miguel de Cervantes Saavedra.
7. *Fuente Ovejuna,* Félix Lope de Vega y Carpio.
8. *El sí de las niñas,* Leandro Fernández de Moratín.
9. *El sombrero de tres picos,* Pedro Antonio de Alarcón.
10. *Platero y yo,* Juan Ramón Jiménez.
11. *La Celestina,* Fernando de Rojas.
12. *El casamiento engañoso* y *El coloquio de los perros,* Miguel de Cervantes Saavedra.
13. *Don Álvaro o la fuerza del sino,* Ángel de Saavedra (duque de Rivas).
14. *San Manuel Bueno, mártir,* Miguel de Unamuno.
15. *Antología poética,* Antonio Machado.
16. *Antología de poesía barroca,* varios.
17. *El caballero de Olmedo,* Félix Lope de Vega y Carpio.
18. *Artículos,* Mariano José de Larra.
19. *Bodas de sangre,* Federico García Lorca.
20. *Tres sombreros de copa,* Miguel Mihura.

 Juan Ignacio Luca de Tena, 15. 28027 Madrid - Depósito Legal: M.-18.961/1999 - ISBN: 84-207-2751-2 - Impreso en Josmar, S. A., Artesanía 17. Polígono Industrial de Coslada (Madrid).
Impreso en España/Printed in Spain.